KB127793

복수의 길

강준현 장편 소설

FUSION FANTASTIC STORY

도서출판 청어람

복수의 길 3

강준현 장편 소설

초판 1쇄 찍은 날 § 2014년 2월 6일
초판 1쇄 펴낸 날 § 2014년 2월 14일

지은이 § 강준현
펴낸이 § 서경석

편집부장 § 권태완
편집책임 § 이효남

펴낸곳 § 도서출판 청어람
등록번호 § 제1081-1-89호
등록일자 § 1999. 5. 31
어람번호 § 제1-1774호

주소 § 경기도 부천시 원미구 부일로 483번길 40 서경B/D 3F (우) 420-822
전화 § 032-656-4452 팩스 § 032-656-4453
http://www.chungeoram.com
E-mail § chungeorambook@daum.net

ISBN 978-89-251-3708-7 04810
ISBN 978-89-251-3658-5 (세트)

강준현 장편 소설

FUSION FANTASTIC STORY

복수의 길

3

도서출판 청어람

복수의
의
길

CONTENTS

1장

퍼지는 소문

    찬구파를 삼영파로 바꾼 위준이라는 이름은 알게 모르게 밤의 세계에 퍼져 나가고 있었다.

    그리고 그 소문을 더욱 부채질한 인물이 있었는데 그가 바로 불곰이었다.

    "쯧쯧! 까불더니 잘 됐네, 새끼들……."

    알몸에 목욕 가운을 걸치고 침대에서 태블릿 PC로 기사를 보던 불곰은 혀를 찬다.

    "우웅~ 왜요?"

    불곰 옆에서 가슴은 반쯤 내놓고 자던 여자는 눈을 비비며 묻는다.

"남양주 한 빌딩에서 가스폭발이 일어났대."

"그게 이상해요?"

여자는 조폭인 불곰이 그런 기사를 마치 조폭 간의 전쟁처럼 말하는 것이 우스웠지만 속으로 삭힌다.

"내가 보기엔 이 사건은 단순한 가스폭발 사건이 아냐."

"피~ 음모론인가요?"

"넌 모르겠지만 우리 같은 사람들은 보면 척보면 알 수 있어."

"어떤 점이요?"

여자가 태블릿을 보며 관심을 보이자 불곰은 신이 나 설명을 한다.

"일단 이 사건이 일어난 지역의 특성을 잘 알아야 해. 여긴 중국인들이 텃밭이야."

"중국 조폭?"

"응."

"근데?"

"여기 봐. 사망자에 대해선 별다른 말이 없잖아."

"비어 있던 노인병원이니까 없지."

"너 정말 대학생 맞냐?"

"맞거든요!"

"생각을 해봐. 비어 있던 병원에서 가스폭발이 왜 일어나겠냐?"

"듣고 보니 그러네."

여자는 불곰의 말을 곰곰이 생각해 보더니 그녀가 보기에도 이상한지 고개를 끄덕인다.

"이런 걸로 볼 때 여기서 전쟁이 일어났었다는 거야. 신원 불명의 다수의 시체가 있고, 폭발이 일어났어. 그럼, 너라면 어떻게 발표할래?"

"사실대로 발표하지."

"쯧쯧! 내가 너랑 무슨 말을 하겠니."

불곰은 순진무구하게 답하는 여자를 보곤 고개를 흔들고 침대에서 일어났다.

그는 머리 나쁜 애들은 질색이었다.

불곰은 다른 조폭들이 듣는다면 웃겠지만 여자에 대해 따지는 것이 많았다.

첫 번째가 똑똑해야 한다는 것. 그래서 만나는 여자들은 대부분이 대학생이었다.

두 번째는 허영심이 없어야 한다는 것.

세 번째가 예뻐야 한다는 것이다.

그런 점으로 볼 때 침대에 누워 있는 여자는 자신의 짝이 아니었다.

"오빠, 나 오늘 쇼핑하고 싶은데……."

"어제 줬잖아?"

"아잉~ 그건 이미 썼단 말이야."

옷을 입던 불곰의 입맛이 썼다. 세 번째 기준은 아무래도 많이 내려야 할 것 같았다.

"됐어, 이년아! 나한테 돈 맡겨놨냐?"

"오, 오빠……."

"앞으로 연락하지 마라!"

불곰은 어이없어 하는 여자에게 눈을 부라리곤 호텔을 빠져나와 기다리고 있던 차에 올랐다.

"형님, 잘 쉬셨습니까?"

"기분 잡쳤다, 가자."

차에 오르자 똘마니 시절부터 같이 지냈던 동생이 '또' 라는 표정으로 묻는다.

"왜요? 또 형님 기준에 안 맞았습니까?"

"그래. 얼굴 예쁜 것 빼곤 다 망이다."

"참나, 형님도 눈 좀 낮추세요."

"내가 높은 게 아니라 걔네들이 수준 미달인 거야. 그저 명품에 미쳐서는……. 그 돈 있으면 애들 용돈이라도 더 주겠다."

"에구! 모르겠습니다. 형님 맘대로 하세요."

옆에 앉은 동생도 워낙 여러 번 본 것이라 결국 포기를 한다.

"어디로 모실까요, 형님?"

"종택이 형님한테 가자."

"종택이 형님도 보내실 생각입니까?"

"그래."

"순순히 물러날까요? 한 지역쯤 떼어줘야 간다고 할 텐데요?"

"줄 지역이 있어."

"어다요? 송파 지역으로 보낼 수도 없잖습니까? 그곳은 삼영파의 진명환 사장님과 아예 나누기로 했잖아요?"

송파 지역은 찬구파와의 완충 역할을 하던 곳이었다. 그래서 은퇴하거나 밀려났던 선배들에게 일정 구역을 나눠주고 있었다.

한데, 그것도 정찬구와 최철용이 물러나면서 유명무실해졌다.

이젠 송파지역도 세대교체가 이루어져야 할 시기였다.

"남양주 호평."

"거긴 중국 애들이……."

"야! 너도 제발 신문이나 뉴스 좀 봐. 어떻게 상무라는 놈이 맨날 오입질만 하냐?"

"형님보단 덜 하거든요!"

"이 새끼가, 확!"

불곰은 주먹을 들었지만 때리지는 않았다. 앞에 있는 애들 보는 앞에서 미우나 고우나 조직의 2인자를 때릴 수는 없었다.

"…누가 중국 애들을 정리하기라도 했답니까?"

"위준 형님이 도와주셨다."

"위준 형님이요?"

"그래."

불곰은 남양주 사건을 위준이 벌였다고 말했다.

물론, 그가 확신하는 건 아니었다.

다만 찬구파 사건 이후에 심심찮게 들리는 중국인 피살 사건이 위준이 벌이는 것이 아닐까라는 생각을 꾸준히 하고 있었다.

그런 와중에 일어난 사건이니 이번 역시 그가 한 것이 아닐까라는 생각을 한 것이다.

"형님이 위준 형님을 모시기로 한 건 신의 한 수 같습니다. 하하하!"

"네가 생각하기에도 그렇지? 하하하!"

불곰도 그렇게 생각하는지 기분 좋게 웃는다.

사실 불곰에겐 위준이 실제로 그런 일을 벌였는지 안 벌였는지는 중요한 것이 아니었다.

그저 그의 이름을 등에 업음으로서 얻어지는 이익을 더욱 극대화시키려는 것뿐이었다.

불곰이 위준을 형님으로 모시고 그의 이름을 거론하면서 얻은 이익은 지금까지도 상당했다.

삼영파의 일을 중재하며 세 사람과 친해지며 이름을 얻었고, 그 일로 병실에 누워 있는 최철용을 밀어내고 조직의 보스가 되었다.

그 과정에 반대하는 이들과 세력도 많았다.

특히 가장 많은 조직원을 가지고 있던 상어라는 자가 반기를 들고 일어났다.

서로 싸워봐야 피해만 늘어나는 상황.

불곰은 처음으로 위준에게 도움을 청했다.

"그냥 기절만 시키면 되죠?"

수많은 적들이 있는 곳을 들어가면서 마치 마실 나온 사람처럼 행동하던 그.

정확하게 10분 뒤, 반기를 들었던 상어는 쌍코피를 흘리며 그 앞에 기절해 있었다.

그 이후 일은 일사천리였다.

소문만으로 백기를 든 것이다.

마지막으로 남은 이가 반종택이었는데, 그만 해결하면 더 이상 강동에서 거칠 것이 없었다.

"동석아!"

"네, 형님."

"지금 애들 스무 명 정도만 호평으로 보내라. 그래서 그곳 상황을 알아봐. 무주공산이면 선점하고 있으라 하고."

"알겠습니다."

그래도 형님으로 모시던 사람을 보내는데 지원은 해줄 생각이었다.

반종택이 있는 곳에 도착하자 조직원들이 기다리고 있었다. 불곰은 그중 몇 명만 데리고 안으로 들어간다.

"불곰, 어서 와라."

반종택은 이미 강동이 불곰의 손안에 들어갔다는 걸 알고 있었다.

하지만 주먹으로서의 마지막 남은 자존심마저 버릴 수 없었기에 의자에 앉아 그를 맞이한다.

불곰은 반종택의 그런 모습에 신경 쓰지 않고 자리에 앉았다.

"형님, 잘 지내셨습니까?"

"뭐, 덕분에. 한데 오늘은 웬일이냐?"

"지난번 일로 다시 왔습니다."

"할 얘기가 없다고 했을 텐데. 난 아직 이 세계를 떠날 생각이 없다."

반종택은 호리호리하면서도 다부져 보이는 몸을 가지고 있었고, 칼을 주로 사용했기에 지금도 현장 근무를 즐겼다.

"떠나라고 말씀드리는 게 아닙니다."

"그럼?"

"새로운 지역을 형님이 일구시라는 겁니다."

"크하하핫! 농담이 많이 늘었구나, 불곰. 새로운 지역을 일구라고? 하하하하!"

뒤에 서 있던 수하들이 반종택의 행동에 움직이려 했고, 반종택의 수하들도 그에 맞춰 무기를 꺼내려 했지만 불곰이 손을 들어 막았다.

"비어 있는 곳이 있습니다. 아니, 이젠 주인 없는 땅이 된 곳이 있습니다."

"어딘지 말해봐. 설마 무인도는 아니겠지? 하하하!"

"남양주 호평 일대입니다."

"호평?"

"네. 그곳입니다."

"농담도 심하군. 중국 애들과 붙어서 자멸하라는 소린가? 그놈들과 붙을 바에야 동생이랑 한 판 하는 것이 더 나아."

"거기 중국 애들 없을 겁니다."

"말도 안 되는……."

"거기 가스폭발 사건에 대해 뉴스 못 보셨습니까?"

"그런 사건이 있었나?"

"어제 일어났죠."

"그 사건이 왜? 설마 동생의 후견인인 위준이 중국인들과 한 판 했나?"

"부탁 좀 드렸습니다."

불곰은 정확하게 말하지 않았지만 받아들이는 입장인 종택은 사실로 받아들인다.

"설마……?"

"없어졌는지에 대해서는 제가 애들 스무 명을 보냈습니다. 곧 연락이 올 겁니다. 물론 간 김에 형님 가게 자리도 알아보라고 말했습니다."

"…음."

반종택은 고민에 빠졌다.

새파란 후배가 조직의 보스로 나선다고 했을 때 한 판 붙을까도 생각했었다.

하지만 먼저 반기를 들었던 상어가 하룻밤 만에 위준에게 폐기되었다는 소문에 나설 수가 없었다.

불곰은 그의 고민을 들어줄 겸 말을 이었다.

"형님도 다른 분들에게 위준 형님의 소문은 들었을 겁니다."

"상어가 데리고 있던 수십 명의 조직원을 혼자서 하룻밤 만에 처리했다는 얘기를 들었지. 한데 너무 과장되게 소문이 났더군."

"과장이 아니라 과소평가된 겁니다."

"과소평가라고?"

"그날 상어 형님의 아지트에 위준 형님이 들어가 일을 끝낼 때까지 몇 분이나 걸렸는지 아십니까?"

"난 동생 수하들과 같이 들어갔다고 생각했는데?"

"아닙니다. 혼자 들어가서 10분 만에 끝냈습니다."

"그게 정말이라고……?"

"의심스러우시면 상어 형님 밑에 있던 애들에게 물어보세요."

위준에 대한 소문은 많았다.

죽은 시라소니의 부활이라는 말은 약과였고, 심지어 날아다닌다는 허무맹랑한 얘기도 있었다.

이 바닥이 원래 그런 소문이 많이 돌았기에 그냥 실력은 있나 보다 하고 넘어갔던 그였다.

소문의 반만 돼도 손 털고 나갈 판에 그 소문보다 더하다고 하니 도저히 믿어지지 않았다.

"저도 철모를 때 한 번 붙은 적이 있었죠. 아니, 붙었다는 표현이 맞지 않네요. 주먹 한 번 휘두르지 못하고 제압당했으니까요."

"네가?"

강동의 철용파에서 —지금은 불곰파로 바뀌었지만— 가장 강하다고 평가를 받던 이가 불곰이었다.

물론, 싸움이라는 것이 장소와 드는 무기에 따라 달랐지만 어린 나이에 행동대장이라는 직책을 얻을 만큼 강하고 머리가 좋았던 건 사실이었다.

반종택은 떠나야 할 때라는 걸 알았다.

사실, 진즉에 불곰이 자신을 칠 수 있었다.

다만 얼마 전까지 같은 조직원끼리 싸우는 걸 불곰이 꺼려 한다는 걸 알고 있었기에 버틴 것이다.

게다가 호형호제하며 서로를 무척이나 아낀다는 ―불곰이 낸 소문이었다― 위준을 자신에게 보내지 않고, 자신의 구역을 확보해 주기 위해 남양주의 중국인을 치게 만들었다는 것에 대해선 약간의 감동마저 느껴졌다.

"호평이 비어 있다면 그곳으로 가지."

"잘 생각하셨습니다, 형님."

불곰은 일이 잘 됐음에 기뻐했다.

그러나 한편으로는 자신의 예상대로 중국 세력이 없기를 간절히 바랐다.

여전히 있다면 위준에게 부탁을 해 중국세력을 밀어내야 할 판이었다.

부우우웅~ 부우우웅!

호주머니에서 느껴지는 진동에 불곰은 침을 삼키며 받는다.

―형님, 여기 호평입니다.

"그래, 말해."

―중국 애들 찾기가 하늘에서 별따기인데요. 아무리 찾으려 해도 보이지 않습니다.

'역시 내 예상이 맞았어!'

불곰은 쾌재를 부르며 말은 했다.

"종택이 형님이 그곳으로 가시기로 했으니까, 적당한 건물이나 알아봐. 한동안 그대로 있으면서 중국 애들 더 체크해 보고."

―알겠습니다, 형님. 다른 일 있으면 연락 바로 드리겠습니다.

"그래."

"뭐라냐?"

"비어 있답니다."

"좋아, 며칠 내로 옮기지. 남는 애들은 잘 부탁하네."

"물론이죠. 혹 중국 애들이 다시 올 것 같으면 연락하십시오. 언제든 달려가겠습니다."

"고마우이."

"아닙니다. 이렇게 보내게 되어 죄송합니다, 형님."

불곰은 반종택이 일어나며 내미는 손을 잡았고 마지막 예의를 다한 후 밖으로 나왔다.

"축하합니다, 형님."

"너희들도 고생 많았다."

불곰은 수하들의 축하를 받으면서 그들을 격려한다.

이제 진정 강동은 자신의 구역이 된 것이다.

"형님, 이 얘기도 소문을 낼까요?"

동생 녀석이 귓속말을 중얼거린다.

"당연하지! 위준 형님 이름을 더 높여야 해."

강동을 손에 넣었지만 지금부터 중요했다.

주변의 적들에게 자신은 쉬운 먹이로 보일 수 있었고, 어린 나이라 무시를 당할 수 있었다.

그럴 땐 큰 그늘 밑에 숨는 것이 최선이었다.

'위준 형님이 이름 좀 판다고 뭐라 안하시겠지?'

삼영파마저 위준의 이름 앞에선 한 발 양보하는 걸 봐서는 그는 놓쳐서 안 되는 귀인이었다.

"가자! 오늘은 내가 한턱낸다!"

"예! 형님!"

조만간 위준에게 술자리라도 마련해야겠다는 생각을 하며 그는 오늘의 기쁨을 만끽하러 술집으로 향한다.

＊　　　＊　　　＊

새벽같이 출근한 노찬성은 노해윤에게서 받은 녹음파일을 듣고 있었다.

―노찬성 회장이 한국에 돌아와 바로 집으로 갔다는 얘기도 있었는데 그것이 계약이 성공했다는…….

…….

―32개의 계열사 중 비상장된 17개를 제외, 해외법인이 없는 계열사 5개 제외…

…….

―이번 계약이 수출이어야 하니까요.

…….

다른 사람의 말은 귀에 들리지 않고 오직 딸애가 좋아한다는 박무찬의 목소리만 들린다.

"놀라운 놈."

녹음 파일을 들을 때마다 감탄사처럼 내뱉는 말이었다.

단 두 가지의 추측성 정보만으로 자신이 유럽을 순방한 이유를 꿰뚫어보는 통찰력에 놀라움을 금치 못하는 그였다.

특히 정진전자까지 유추해나가는 과정에서는 소름이 돋을 정도였다.

노찬성에게 박무찬은 탐이 나는 인재였다.

문득, 그는 그런 인재가 회사 내에선 없을까라는 생각을 해본다.

"조 전무 들어오라고 해."

―알겠습니다, 회장님.

비서실 직원의 상냥한 목소리가 끝이 나자마자 노크소리가 들리며 조두환 비서실장이 들어온다.

"부르셨습니까, 회장님."

"자네 혹시 주식하나?"

"네?"

너무나도 뜬금없는 질문에 비서실장으로서는 해서는 안 되는 반응을 한 조두환은 재빨리 말을 이었다.

　"회장님을 모신 이후론 가족들까지 주식에 손을 못대게 하고 있습니다."

　"하여간 융통성 없는 사람 같으니라고. 그런 의도로 물은 것이 아니었는데……. 뭐 어쨌든 예전에는 주식을 했었나?"

　"네. 젊은 시절 때 해봤습니다."

　"그럼, 그때를 생각하면서 과연 투자가치가 있는지 없는지를 판단해 보게. 두 가지 사실을 주지."

　"…예."

　도통 무슨 말인지 알 수 없었지만 조두환은 귀를 열고 들을 준비를 한다.

　"내가 유럽법인 순방을 했는데 그게 사실 계약을 위해 간 것이다. 그리고 순방이 끝나자마자 집으로 갔다. 이 두 가지로 자네는 우리 회사의 어디에 계약을 할 생각인가?"

　"……."

　조두환은 참으로 당황스러웠다.

　무슨 말을 하는지는 이해했지만 어떤 답을 원하는지 도무지 알 수가 없었다.

　"유럽 순방은 정진전자의 계약 때문에 다녀오시지 않았습니까?"

"이런! 재미없는 사람 같으니. 하긴 자네는 모든 걸 알고 있으니 쓸데없는 질문인가? 그럼 다르게 묻지. 만일 조금 전에 내가 말한 사실 두 가지만으로 내가 정진전자 계약을 하러 갔다 왔다는 걸 알 수 있겠나?"

"불가능합니다. 그건 극비라 소수의 사람만 알고 있는 사실입니다."

"자네에게도 불가능이란 말이지……."

"한데 왜 그런 질문을……."

"이거 한 번 들어보겠나?"

노찬성은 스마트폰의 녹음 파일을 눌렀다.

조두환은 노찬성의 오늘 행동이 너무 이상하다고 느끼며 녹음 파일에서 흘러나오는 음성을 듣는다.

"……!"

한데 단 두 가지의 사실만으로 정진전자의 계약내용을 유추해나가는 남자의 목소리에 입이 절로 벌어졌다.

"어떤가?"

"노, 놀랍군요. 도대체 누굽니까?"

"자네도 잘 아는 친구지."

"제가 아는 사람이라고요?"

아무리 생각해도 녹음기에서 들리는 음성과 매치되는 사람이 없었다.

"박무찬일세."

"아! 해윤 아가씨의……."

"이 아이 놀랍지 않은가? 나도 처음에 자네와 같은 반응이었지."

"정말 놀랐습니다. 설마 이 정도의 통찰력을 가지고 있을 줄은……."

"해윤이의 얘기를 듣자니 대부분 이런 정보들로 유추를 해 주식 투자를 한다더군."

"위험부담이 클 텐데요."

"대부분 성공이라더군."

"……."

"그래서 궁금했지. 과연 우리 회사 내에도 이 정도로 통찰력이 지닌 사람이 있을까 하고 말이야."

"그 말씀은……?"

"테스트를 해볼 생각이네."

"하지만 이번 일은 워낙 극비라 알려져서는 안 되지 않겠습니까?"

"이미 끝난 문제지. 물론, 아직 한 가지가 더 남긴 했지만 그것까지 알 수 있는 사람은 극소수에 불과하니 상관없어. 물론, 다 알릴 생각은 없지만."

"하면?"

"일단 본사 내 과장 이하의 근무 성적이 상위인 사람들과 기획실 직원들을 대상으로 하지."

"알겠습니다. 언제 준비할까요?"

"지금!"

조두환은 살짝 머리가 아파옴을 느꼈다. 하지만 회장의 지시에 토를 달 만큼 불가능한 일은 아니었다.

"난 이곳에서 영상으로 보지."

"당장 준비하겠습니다."

조두환이 나가고 난 뒤 정확히 1시간 뒤 노찬성의 지시사항은 이루어졌다.

노해윤이 노찬성 회장에게 자신이 좋아하는 사람의 능력을 보여주려고 녹음한 파일은 비서실장에게는 큰 일거리로 돌아왔다.

─지금 나눠주는 문제는 1시간 내에 풀면 됩니다. 자신의 의견을 적어야 한다는 것 잊지 말고 지금부터 시작하죠.

모니터로 비서실장이 하는 얘기를 들은 노찬성은 문제지를 흘낏 본다.

당신은 주식투자를 해야 합니다. 두 가지 조건을 보고 회사 계열사 중 어디에 투자할 것인지 결정하십시오. …(중략)… 반드시 이유를 적어주시기 바랍니다.

박무찬이 알고 있는 정도의 정보는 주어졌다. 과연 어떤 답들이 나올지 노찬성은 궁금했다.

잠시 시험문제를 보고 어리둥절해 하던 직원들은 능력자들답게 빠르게 문제지를 풀기 시작한다.

"후후! 이거 재미있군."

계열사 직원들에게도 시켜야겠다는 생각을 하는 노찬성이었다.

1시간은 금방 흘렀고, 조두환은 시험지를 들고 회장실로 들어온다.

"다 됐습니다. 회장님."

"그럼 나랑 같이 보세나. 우리 회사의 인재들이 얼마나 되는지 궁금하군."

책상에서 일어난 노찬성은 소파에 조두환과 앉아 시험문제를 살펴본다.

"쯧!"

처음에 기대하던 얼굴과 달리 문제지를 살피는 노찬성의 얼굴은 점점 굳어진다.

그에 조두환은 조심스레 한 마디를 한다.

"회장님, 박무찬은 주식을 본격적으로 한다는 점을 간과해서는 안 될 거라 생각합니다."

"알아. 그래도 조금 실망스럽군."

"…네."

조두환도 사실 더 이상 직원들을 옹호해줄 말이 없었다.

박무찬에 대해서 모른다면 모를까 뒷조사를 하면서 그가

어떤 인물이며, 어떤 과거를 겪었는지 잘 알고 있었기에 능력을 인정할 수밖에 없었다.

"음… 이 정도인가?"

노찬성의 실망스러운 말투를 뱉을 때마다 괜히 죄스러워지는 조두환이다.

'어?'

그때, 그가 보던 문제지에 박무찬에 비해 부족하지만 제법 근접하게 쓴 답이 보였다.

"회장님, 이걸 보시죠."

"괜찮은 게 있나?"

노찬성은 비서실장이 건네는 문제지를 들고 쓰여진 답을 확인한다.

"나쁘진 않군."

칭찬이었다.

누굴 칭찬하기에 박한 노찬성의 입에서 이 같은 말이 나왔다는 자체가 대단한 칭찬이었다.

물론, 박무찬은 특이한 케이스였다.

답이 정확하게 정진전자를 찍은 것은 아니었지만 전자, 건설, 중공업까지는 어영부영이지만 추측을 하고 있었다.

"누구지?"

"여기 있습니다."

이미 알고 있었다는 듯 조두환은 직원의 정보를 출력해 노찬성에게 건넨다.

"고동식, 지방대학을 나와 지방에 있다가 추천으로 본사까지 오다니 괜찮은 친구군. 그리고 진급도 빠른 편이고⋯⋯."

"종종 제 귀에도 들릴 정도면 똑똑한 친구 같습니다."

"일단 자네가 만나 판단한 뒤에 연구소로 보내 전반적인 공부 좀 시켜봐."

한 가지로 모든 걸 판단할 수 없었다. 다만 전반적인 지식을 쌓으면 꽤 훌륭한 인재가 될 수 있다는 생각에 연구소로 보낸다.

"알겠습니다."

읽을 만한 것이 몇 개 더 나왔지만 고동식이 작성한 답보다는 아래였다.

"이들도 한 번 살펴보고 계열사도 시험보라고 해."

"예."

조두환이 나가자 노찬성은 눈을 감고 박무찬에 대해 생각에 빠진다.

걸리는 게 있었지만 욕심이 나는 인재였다.

'한 번 만나봐야겠군.'

마침 딸애도 좋아하는 상대니 이런저런 핑계로 만나볼 생각이었다.

'박무찬, 넌 어떤 녀석이냐?'

은근히 그와의 만남이 기대가 되었다.

그리고 노해윤을 위해서라도 적이 아니길 바랐다.

자신의 것이 아니라면 적이라고 생각하는 노찬성이었다.

2장

혐의

　MT가 끝나고, 집으로 돌아오자마자 본격적인 수련을 위한 장소로 마련하기 위해 지하실을 깨끗이 치웠다.

　그리고 벽시계만 달랑 매달아 놓고는 걷기 수련을 시작했다.

　휴일 이틀 간 밥 먹는 시간을 제외하곤 다행히 기억의 소멸은 쉽게 일어나지 않았다.

　지레 겁을 먹고 수련을 멈춘 나를 탓해야 했다.

　장무계가 얘기해준 중국에 있는 중화회와 천외천을 상대하기 위해선 지금보다 더욱 강해져야 할 시간이 필요했다.

　내공을 획기적으로 늘리는 수련을 다시 할까 고민도 잠시

했지만 원수들을 두고 굳이 위험을 자초할 필요는 없었다.

"야, 과대!"

얕잡아 부르는 투의 목소리에 고개를 돌리니 동기인 조민현의 모습이 보인다.

"이번 MT에 오신 교수님들과 선배님들이 찬조금 두둑이 주셨다며?"

"그러셨지. 근데 왜?"

"MT 다녀오고 남는 돈이 있으면 당연히 돌려줘야 하는 거 아냐?"

조민현은 학교에 비싼 자동차를 몰고 다녔고, 비싼 주차요금도 척척 내면서 동기들에게 '쪼잔한 놈'으로 소문이 나 있는 인물이기도 하다.

'그렇게 아끼니 부자가 되었겠지'라며 담담하게 넘어갔던 나도 오늘은 기분이 나빠졌다.

말투가 흡사 내가 푼돈을 먹으려는 파렴치한처럼 느끼게 만든다.

"원래 계획대로라면 얼마쯤 남았겠지. 그런데 '어떤 새끼'가 배달 음식을 시키는 바람에 오히려 적자야. 그 새끼가 시키니 다른 방들도 덩달아 시켜서 그 돈만 50만 원이 넘었어. 그리고 시켰으면 지 돈으로 처먹던가, 왜 그걸 MT비에서 처리하라고 카운터에 얘기해서 나한테 미룬 건지 이해가 안 된다."

"그, 그러냐?"

"카운터에 어떤 새낀지 알려달라고 하니 모르겠다고 하던데… 혹시 넌 아는 거 있냐?"

"내가 어떻게 아냐?"

조민현은 자신이 한 일에 대해 시치미를 잡아뗀다.

어차피 술 먹다가 시킨 것이고 과대표로 적자를 내가 메우려고 했는데 짜증스럽게 만들어 욕을 하며 화를 냈다.

"하여간 '그 새끼' 걸리면 적자난 건 다 받아낼 거야. 그리고 MT비 정산내역은 과 홈페이지에 올려뒀으니 확인해라. '그 새끼' 알아내면 말해주고."

"알았어. 그리고 과대표하면 장학금 나오는데 적자 정도는 과대가 감수해야지."

"빌어먹을 자식."

도망치듯이 가는 조민현의 뒤통수에 낮게 욕을 중얼거리곤 경영대학 학생회 회의에 참석하러 갔다.

학생회장이 주체가 되어 총학생회와 경영대학에 관련된 일을 담당하는 회의는 별다른 건 없었다.

"…마지막으로 학생회비 납부를 하지 않은 학생들에게 납부하라고 말해줘라. 학년별 미납자 현황이니까 이번 주까지 납부하라고 독촉 좀 부탁할게."

총학생회 학생회비야 등록금에 포함되어 있지만 경영대학 자체적으로 걷는 회비는 일일이 학생들이 입금을 해야 했다.

강제성이 있는 것은 아니지만 대한대학교 경영대학이라는 이름 때문인지, 1학년이란 것 때문인지 모르지만 내지 않은 학생은 다섯 명에 불과했다.

"또냐?"

한데, 유독 한 명의 이름이 눈에 띈다. 조민현이었다.

"내가 그걸 왜 내야 하는 건데? 학생회 간부도 아니고, 관심도 없어. 난 안 낼 테니까 더 이상 귀찮게 하지 마라."

"…그래라."

잊어서 못낸 애들이 3명, 사정이 여의치 않아 내지 못한 애가 1명, 그리고 마지막으로 내가 돈 받기를 포기한 1명.

자신의 돈 자기가 알아서 하겠다는데 내가 상관할 바가 아니었고 할 말도 없었다.

하지만 왠지 부글거리는 마음에 수업도 듣는 둥 마는 둥 하고 동아리실로 향했다.

"무찬아, 얼굴이 왜 그래?"

"아무것도 아냐. 신경 쓰지 마."

동아리실에는 한태국과 황선국은 수업이 있는지 자리에 없었고, 해윤만이 중간고사 공부를 하고 있었다.

"학생회비 때문에 그렇구나?"

얘가 요즘 날 스토킹을 하나?

"내가 한 번 말해볼까?"

"됐어. 걘 포기했어.

돈과 관련해서 주관이 너무 뚜렷한 놈이라 최면을 걸어도 금방 깨질 놈이다. 그렇다고 돈 몇 푼 받자고 깊은 최면을 걸기도 귀찮다.

"내가 받으면 어쩔래?"

"학생회비가 내 돈도 아닌데 뭘 어째?"

"치~ 내가 받아 낼까 봐 겁내는구나?"

안 그래도 그놈 때문에 열 받아 있는데 해윤이가 불을 지핀다.

"좋아! 당장 받아와 봐."

"뭐 해줄 거야?"

"데이트 제외, 신체접촉 제외, 학생회비 가격 인하, 2시간 이하, 10분 이내로 소원 말하기. 말한 조건에만 합당하다면 뭐든지."

"쳇! 누가 들으면 내가 널 덮치려고 하는 줄 알겠다."

"그랬잖아."

MT 때 술 먹고 입술을 내밀던 노해윤이었다. 사실 그때 많이 흔들렸다.

누군가와 사귀는 것도 아닌 남자가 그런 유혹을 이겨내는 건 쉽지 않았다.

"알았어, 약속 지켜."

그녀는 자신만만하게 동아리실을 나갔고, 잠시 후 시무룩한 얼굴이 되어 나타났다.

"크크큭! 실패구나."

당연한 일이었다.

계산 빠른 놈이 아무리 여자가 헤헤거리며 말한다고 쉽게 지갑을 열 리가…….

"짜잔! 받아왔지룽!"

망할 자식!

지갑을 열었다.

돈을 흔들며 기뻐하는 노해윤의 모습을 보니 왠지 아까보다 더 열이 받는다.

"어떻게 받았어?"

"내가 이번에 학생회 간부를 맡게 되어서 학생회비를 받으러 다닌다니까 주던데."

"그게 다야?"

"그럼. 내는 걸 잊고 있었다고 하더라."

더 이상 할 말이 없었다.

받아 왔으면 그만이었고, 머릿속에서 놈에 대한 생각을 지우면 그뿐이었다.

"자, 지금부터 소원말하기 시작! 10분 이내로 말해."

"음, 뭘 하지?"

고민을 하는 노해윤을 두고 심장을 흔드는 매너모드로 울리는 전화를 받았다. VVIP 클럽과 톡톡톡을 주고받는 전화로, 하루였다.

"웬일로 전화를 다줬어?"

—내 선에서 해결은 할까도 했는데 너도 알아야 할 것 같아서.

"무슨 일인데?"

—아가씨들 학교 친구들과 너희 과 친구들 미팅한 거 때문이야.

미팅이 많아지다 보니 하루는 자연스럽게 나의 실제 이름과 대한대학교를 다닌 다는 사실을 알게 되었다.

물론, 여전히 나를 위준이라고 불렀고, 비밀을 지키기로 약속은 했다.

"무슨 문제야?"

나쁜 상황들이 머릿속으로 그려진다.

하지만 고개를 흔들었다.

미팅을 시켜줄 때 난 최소한 예의를 아는 이들만 시켜줬었다. 마음속에 어떤 생각을 가지고 있는지는 모르지만 그래도 이성이 감성보다 앞서는 사람들이라 생각했었다.

—너희 과에 조민현이라고 있지?

또! 그놈이다! 한데 난 그에게 미팅을 시켜준 적이 없다.

—그 새끼가 세나라는 아가씨 친구와 사귄 모양인데 글쎄 돈을 빌려줬는데 갚지를 않는 댄다.

"난 조민현을 미팅시켜준 적이 없어. 자세히 말해봐."

—미팅을 통해 만난 사람들끼리 다시 만나면서 함께한 것

같아. 여자말로는 그 새끼가 사귀자고 했다고 하던데 모르지. 어쨌든 둘은 자주 만났대. 문제는 그때마다 데이트 비용이나 호텔 값 등을 여자가 카드로 결재하기로 하고 나중에 주기로 했다는데 카드 결재일이 다가온 지금 연락이 안 된대.

"얼마나 되는데?"

—1000만 원이 조금 넘더라. 그래서 내가 일단 줄까 생각 중이야.

어지간히 처먹고, 호텔을 들락거린 모양이다.

최고 학벌에, 부자 남자를 잡았다고 생각해 돈도 주고, 몸도 준 멍청한 여자가 불쌍할 이유는 없었다.

문제는 내가 시켜준 소개팅이 변질되어 나를 욕먹이게 만든다는 것이다.

그리고 그 원흉이 날 하루 종일 열 받게 만든 조민현이란 사실이었다.

"알았어. 그리고 지들끼리 처먹고 호텔간걸 왜 네가 내? 일단 내가 알아보고 전화 줄게."

—응. 그리고 놀러 좀 와. 심심해.

"내가 심심풀이 땅콩이냐?"

전화를 끊자 통화 내용을 엿들은 노해윤이 득달같이 물어온다.

"누가 호텔 갔대? 누구야? 혹시 너야? 아니지? 그럼 누굴까?"

"알아봐야 좋을 거 없어. 소원은 생각했어? 10분 지났으니 열 세기 전에 말해. 하나…"

"말할게! 우리 아빠가 널 보고 싶대. 만나줘."

"…너 미친 거냐? 왜, 내가 너희 아빠를 만나?"

노찬성 회장이 날 봐야 할 이유는 노해윤밖에 없다.

하지만 노해윤과 내 사이는 아직 이렇다 할 관계도 아니었고, 설령 있다고 치더라도 웬 뜬금없는 만남이란 말인가?

"몰라. 아빠가 널 그냥 보자시네. 무서운 분 아니니까 너무 걱정 마."

개뿔이…….

정진그룹을 물려받자마자 정적이 될 만한 가족들을 모조리 작은 회사 하나 주고 내쫓고, 그룹 활동에 방해가 되는 기업들은 먹어치우거나 도산시키는 냉혈의 마왕이 바로 노찬성이다.

아마 내가 눈에 거슬리면 신수호처럼 날 외국에 보내버릴 수 있는 사람이다.

"미안하지만 다른 소원을 말해."

"싫어. 이미 결정했으니 약속을 지켜."

난 약속은 내가 필요할 때만 지킨다.

가급적 지키려 하지만 나와 관련된 일은 언제든지 바꿀 수 있다.

"그냥 간단하게 데이트 하자. 놀이공원 데려갈게."

"음… 미안, 역시 안 되겠어."

고민 따위 하는 척하지 마!

내가 너의 소원을 들어주는 거지 부탁하는 게 아니란 말이야!

"좋아. 원한다면 애인처럼 손도 잡고 다니자. 됐지?"

"키스도?"

"그래. 나도 좋은 일이니까. 그렇게 하자, 응?"

하지만 깊게 고민하던 해윤은 고개를 흔들었다.

"의무적인 건 나도 싫어. 그냥 아빠랑 만나 봐.

"……."

도무지 말이 통하지 않는 상대다. 아무리 달래도 소용없었다.

그리고 약속을 꼭 지키라 말하고는 쌩하니 도망가 버린다.

이건 다 조민현 그 새끼 때문이다.

*　　　*　　　*

같이 동기끼리 나이를 따지는 것도 우습다고 생각했는데 나의 착각이다.

적이 아니면 화가 나지 않을 거라고 생각했는데 이 또한 나의 착각이다.

물론, 내 성생활도 제대로 챙기지 못하는데 남의 그것까지 챙기려 한 나의 잘못이다.

조민현에게 1000만 원을 갚으라고 조용한 장소에서 얘기를 했다.

하지만 돌아온 건…….

"이 새끼 진짜 웃기는 새끼네. 니가 과대표면 과대표지 왜 남의 사생활까지 이래라 저래라 참견이야. 그리고 그년이 자기가 좋다고 쓴 걸 왜 나한테 갚으라고 지랄인데?"

"말이 좀 심한데?"

"나이 두 살 더 처먹어서 기분이 상하셨어요? 이 시발 새끼야! 과대표라고 무슨 훈장이라도 단 건처럼 얘기하는데 까불지 마라. 그러다 애들 앞에서 개망신 당한다."

진정 나와 아무 상관없는 인간에게 살기를 느꼈다.

그리고 빈 강의실을 찾아다니는 하이에나 커플이 들어오지 않았다면 분명 그놈은 내 손에 피떡이 되었거나 창밖으로 자살을 했을 것이다.

신수호와는 다른 분노가 머리를 가득 채웠다. 그리고 놈에게 처절한 보복을 하기로 마음먹었다.

이깟 일에 많은 머리를 사용할 필요도 없었다.

분노가 머리가 가득할 때 바로 움직이기로 했다.

먼저 하루에게 전화를 해 조민현에게 당한 멍청한 여자와 2시간 후에 만나기로 약속하고 조민현의 아버지인 조도칠 씨를 만나러 갔다.

조도칠은 강남에 위치한 자신의 15층 건물 3층에서 작은 무역상을 운영하고 있었다.

"안녕하세요, 사장님."

"무슨 일로 오신 분인지⋯⋯?"

퇴근을 하려고 했는지 가방을 챙기고 있던 조도칠은 약간 의심의 눈길로 바라본다.

"임대 때문에 며칠 전 저희 사장님이 들리셨는데 오늘은 제가 대신 왔습니다."

"아! 14층 계약하러 왔던 사람 말이구먼."

"네. 맞습니다."

난 활짝 웃으며 맞다는 듯 박수를 쳤다.

일순, 조도칠의 의심스런 눈길이 사라졌다. 그때 계속 박수를 일정한 운율에 맞춰 쳤다.

내 행동에 잠시 의아해하는 눈빛의 조도칠은 조금 더 지나자 몽롱한 눈빛으로 바뀐다.

"앉으세요."

내가 자리를 권하자 소파에 말없이 앉는다.

"조민현이라고 아들이 있으시죠?"

"그러네."

"전 조민현의 학교 친구이기도 하니 제 질문에 편하게 말해주셔도 돼요."

최면을 걸었지만 더 깊은 최면을 위해 사소한 질문들로 서서히 신임을 얻는다.

"민현이가 아버님 자랑을 많이 하더라고요. 자수성가 하신 분답지 않게 여전히 알뜰하게 생활하신다고……. 비결 있으면 좀 가르쳐 주세요."

"별거 없어. 아끼면 되는 거지."

"저도 돈이 있는데 어떻게 아끼는 건지 도저히 모르겠더라고요. 그놈의 세금내면 남는 게 없어요."

"그야 방법이 있지. 그건 말이지……."

몇 번 거부반응을 보이던 조도칠은 좋게 말해 절세 노하우, 나쁘게 말하면 탈세에 대해 상세히 얘기해준다.

무역상을 하는 이유도 부동산 임대업으로 벌어들인 돈에 대한 절세를 위한 것뿐이었다.

조민현은 무역상의 일반직원으로 되어 있었고, 그가 모는 BMX와 사용하는 돈 모두가 회사 경비로 처리된다는 것.

그 외에도 다양한 비리가 줄줄이 흘러나왔고, 난 녹음기를 켜 놓고 녹음을 했다.

망하게 할 생각은 없었다. 조민현이 미운 것이지 조도칠이 미운 건 아니었다.

그저 번 만큼 세금을 내게 할 생각이다.

"이 건물 말고는 몇 개 남지도 않겠네."

지금은 15층 건물과 수십 채의 집으로 임대업을 하지만 세무조사와 은행에 대출금을 갚게 되면 상당히 위축될 것이 분명했다.

조도칠의 사무실을 나온 난 약속 장소로 향했다.

올해 대학 2년생인 단은영은 적당한 성형수술로 미인이라 불릴 정도의 아가씨였다.

다만 행동이나 옷차림에서 약간의 허영 끼가 눈에 보였다.

"민현 씨가 어떻게 해준대요?"

"은영 씨가 원해서 쓴 돈이라 자신이 갚을 이유가 없다더군요."

"아니에요! 정말 갚겠다고 했단 말이에요."

"난 은영 씨 말을 믿어요."

믿든 안 믿든 무슨 상관인가? 그저 지금은 그녀의 말에 적극 동의했다.

"나쁜 놈! 자기가 사귀자고 해놓고."

"은영 씨와 사귀자고 해놓고도 그런 비열한 행동을 하는 조민현을 난 용서할 수가 없어요."

"저도요. 하지만 할 수 있는 일이 없는 걸요. 그의 말만 믿은 제 잘못도 있고요."

"아니에요. 은영 씨 잘못은 없어요. 그놈은 사기를 친 거예요."

"맞아요. 이건 사기예요!"

"그놈은 사귀자는 말로 여자를 유혹한 후 침실로 데려갈 생각만 한 놈이라고요."

"그래요! 나쁜 놈!"

조도칠에 비해 단은영은 너무나도 쉽게 최면 상태로 빠진다.

"예전이라면 혼인빙자간음죄에도 속하는 일이에요. 하지만 이미 폐지된 법이니 안타깝네요. 강제로 범하려 했다면 큰 죄가 되었을 텐데……. 조민현이 처음에 어떻게 말하던가요?"

"그러니까 그게……. 자신이 대한대학교를 다니고, 부자라면서 은근히 다가와 치근거렸어요."

"그랬군요.

"그래요! 그랬어요."

기억은 불완전하다. 똑같은 일을 겪은 세 사람의 기억이 다른 수도 있다.

이런 전제를 시작으로 최면으로 착각과 환각을 현실에서 겪은 일처럼 만들어 기억 속에 넣을 수 있었다.

난 단은영의 기억을 새롭게 만들어주고 있다.

"근데 어떻게 만나자마자 호텔에 가게 된 거죠? 혹시 그가 술을 취하게 만들어 호텔까지 가게 된 걸 수도 있겠군요. 아니, 은밀한 약과 술을 이용해 정신을 일부러 흐리게 만들었을 수도 있겠네요."

"네. 사실 처음 그와 호텔에 간 날은 잘 기억도 나지 않아요. 마치 뿌연 안개가 낀 것 같아요."

"저런. 이후론 학교에 소문을 낸다는 식으로 협박을 했을 수도 있겠군요? 돈도 은영 씨에게 쓰라고 강요했을 테고. 마음의 상처가 크겠습니다."

"흑! 이렇게 절 이해해주니 너무 감사해요."

"울지 말아요. 그런 놈은 꼭 벌을 받아야 합니다. 강제로 여자를 범하려는 죄가 얼마나 무서운지 느끼게 하죠."

"흑! 흑! 나쁜 놈!"

"벌은 물론이고, 카드 값과 상처 입은 마음의 빚까지도 받아 내야 하지 않겠어요?"

"그래야죠. 그놈을 신고할 거예요!"

단은영이 조민현을 강간죄로 신고해도 시간이 오래 걸릴 것이다.

그리고 미안한 말이지만 정황상 무죄가 될 가능성이 높았다.

난 그저 합의만 이끌어 내도록 만들면 되었다.

"내가 일을 조용히 진행해줄 좋은 변호사를 소개해줄 테니 의논을 해서 해결하세요."

"고마워요."

완벽한 최면에 걸린 단은영은 분명 조민현을 경찰에 신고하려 할 것이다.

하지만 난 신고까지 원하진 않았다.

올 때와는 다르게 비련의 여주인공이 되어버린 그녀에게 삼촌인 송 변호사님의 전화번호를 건네고 택시를 태워 보냈다.

아직 마지막 한 가지가 남아 있었다.

난 삼영파의 진명환 사장에게 전화를 걸었다.

"형님, 저 위준입니다."

—오! 동생, 그날 잘 놀다 들어갔어?

이용을 하기 위해선 어느 정도 거리를 유지해야 했다. 그래서 두 번 정도 개인적으로 술을 마시러 방문했었다.

그때 여자를 붙여준 진명환이었다.

"덕분에요. 요즘 문제되는 건 없으시죠?"

—물론이지. 그리고 동생이 말해준 덕분에 우리를 노리던 중일파는 완전히 사라졌고, 백중석과 손도 잘 잡았어.

크리스마스 때 나중일 사장이 죽고, 나를 태워줬던 인물이 중일파의 서열 4위인 백중석이었다.

내 충고를 받아들인 그는 바로 달려가 서열 2, 3위를 제거하려 했다. 하지만 서열 3위인 행동대장은 제거했지만 눈치 빠른 서열 2위인 정인보가 도망을 가버린 것이다.

불안정하게 중일파를 손에 넣은 그였지만 나중일의 돈 관리를 해오던 그는 그 돈으로 재빨리 조직을 정비해 정인보의 공격을 원천봉쇄하고 정인보를 쫓았다.

그러나 정인보는 완전히 사라져 버린 듯 보였고 추적도 몇 달이 지나자 흐지부지 되어버렸다.

그때 정인보가 다른 수원조직의 도움을 받으며 백중석을 공격하기 시작했다.

난 그 사실을 진명환에게 알려 삼영파 전체가 백중석을 도와 같은 편으로 만들라고 충고했고 그 일은 잘 해결된 것 같았다.

"부탁드릴 게 있습니다. 제 일은 아니지만 저와 친한 친구 일입니다."

―얼마든지. 뭐가 필요하지?

"그냥 룸살롱 방 하나하고 힘 좋은 친구들 서너 명만 있으면 됩니다. 정확한 날짜는 저도 모르지만요."

―알았어. 영업부장들한테 말해둘 테니 언제든 사용해.

"감사합니다."

이렇게 조민현에 대한 보복의 준비가 완료되었다.

*   *   *

술자리가 없어 오늘은 우니와 해윤과 저녁을 먹자마자 집으로 돌아왔다.

한데 주차장 입구 부근에 어슬렁거리는 사람들이 보인다.

나의 실종 사건을 담당했다던 강남경찰서의 김철수 형사와 양동휘 형사였다.

"고우니, 박무찬 학생?"

"누구시죠?"

"혹시 기억 안나요? 입국했을 때 공항 경비대에서 만났었는데."

"아! 기억나네요. 한데 무슨 일이시죠?"

"고우니 학생과 박무찬 학생에게 태창 캐피탈 김만구에 대해 묻고 싶어서 왔어요."

"……."

사채업자 김만구에 대한 얘기가 나오자 우니의 몸은 급격히 떨리기 시작한다.

난 그런 우니의 어깨를 감싸 안고는 부드럽게 기운을 흘렸다.

"우니가 그 사람들한테 너무 심하게 당해서…… 이해해주세요."

"잠깐이면 되는데 내일 다시 올까요?"

김철수 형사의 눈빛은 우리 둘의 행동을 하나라도 놓치지 않겠다는 듯 매섭게 훑고 있었다.

"아뇨. 내일도 학교에 가야 하니 집으로 들어가서 얘기하시죠."

피한다고 될 일은 아니었다.

차를 주차하고 집으로 들어갔다.

그리고 두 형사에게 따뜻한 차를, 고우니에겐 우유를 데워

췄다.

"말씀하세요."

"두 분이서만 사시나 봐요?"

긴장감을 풀기 위함인지 양동휘는 큰 집을 구경하듯 보며
가볍게 물었다.

"네. 둘 다 지금은 사고무친이 되었으니까요."

"흠! 미안합니다. 그런 뜻에서 물은 건 아닌데……."

"괜찮습니다. 편하게 물으셔도 돼요."

양동휘가 입을 다물자 본격적으로 김철수가 물어오기 시
작했다.

"두 분은 어떻게 만난 겁니까?"

"사채업자 얘기 때문에 우니가 불안해 하니 제가 대답해도
될까요?"

"편한 대로요."

"제가 광산에 끌려갔다는 얘기는 잘 아시니 편하겠네요.
제가 그곳에 처음 갔을 때 만난 한국인이 있었습니다. 그분이
고우니의 아버지인 고두리 선생님이었죠. 전 그분의 도움으
로 그곳에서 살 수 있었어요. 그리고 혹시라도 탈출하게 되면
서로의 소식을 가족에게 전해주기로 했죠. 하지만 탈출하기
얼마 전 그분은 불의의 사고로 생명을 잃으셨죠. 마지막 부탁
이 우니를 부탁한다는 거였습니다."

난 말을 하면서 우니를 꼭 껴안고 있었고, 우니도 점점 내

가슴으로 파고들었다.

"그런 인연이 있었군요. 그럼, 혹시 태창 캐피탈의 김만구 사장을 본 적이 있습니까?"

"네. 집으로 돌아와 돌아가신 부모님의 재산을 상속받고 바로 우니를 찾았어요. 그 불법 사채업자 놈에게 빚을 지고 있더군요. 그래서 찾아가서 우니의 빚을 갚아줬습니다. 삼천이 빚이었는데 오천을 요구하더군요."

"그들이 불법 사채업자라는 건 알고 있었으면 경찰에 도움을 청해도 됐을 텐데……."

"훗! 농담이 지나치시네요. 제가 우니를 봤을 때 사채업자에게 괴롭힘을 당한 기간이 4년이 넘었어요. 그리고 우니의 외할머니도 석연찮게 돌아가셨고요. 그때 과연 경찰이 뭘 했는지 궁금하네요. 그리고 돈을 갚으러 갔을 때 그들은 내가 보란 듯 한사람을 때리고 있었어요. 그런 분위기에서 제가 할 수 있는 일은 그저 돈을 주는 것뿐이었습니다."

그날에 있었던 일이 떠오르며 내 눈에는 가벼운 두려움으로 떨리고 있었다.

"우니 학생, 무찬 학생의 말이 모두 사실인가요?"

"…네. 그 이후론 줄곧 같이 살고 있어요."

"그들이 죽었다는 건 알고 있습니까?"

"…그, 그게 무… 무슨."

"누군가에 의해 잔인하게……."

"형사님! 지금 뭐하는 짓입니까!"

난 버럭 고함을 질러 김철수 형사의 말을 잘랐다.

"도대체 무슨 일로 찾아왔는지 모르지만 정말 인간미라곤 눈곱만큼도 없으시군요. 지금 당신 눈에는 이 아이의 상태가 보이지 않습니까! 나가세요! 지금 당장!"

"…오빠. 나, 난 괜찮아."

"아냐. 지금 이 사람은 두려움에 떠는 널 더욱 궁지로 몰아 자신이 듣고 싶고, 보고 싶은 걸 얻으려는 것뿐이야. 그렇지 않나요, 형사님?"

나의 행동에 놀란 김철수는 눈을 잠시 껌벅이다가 고개를 숙였다.

"미안합니다. 제가 성급했습니다."

"사과만으로 해결될 문제가 아니에요. 우니에게 묻고 싶은 게 있으면 변호사와 함께 있을 때 물어주세요. 당신은 믿을 수가 없군요."

"그럼, 여기 있는 양동휘 형사가 묻고 전 입을 다물죠."

"휴~ 오늘이 아니라도 계속 괴롭힐 테죠? 좋습니다. 우니에게 가급적 자극적인 질문은 삼가해 주신다면 계속하죠."

화를 내던 난 한 발 물러섰다. 양동휘는 김철수와 확실히 달랐다.

"김만구 씨가 사망했는데 그에 대해 아는 게 있습니까?"

"아뇨. 오늘 처음 듣는 얘기입니다."

"혹시 이 집에 온 이후로 만난 적이 있었나요?"

"아뇨. 오빠가 경호원을 붙여줘서인지 한 번도 찾아온 적이 없었어요."

"우니 학생에 대한 질문은 끝입니다. 협조에 감사드립니다. 이제 무찬 학생에게 묻고 싶은데 괜찮겠어요?"

"우니는 듣지 않아도 되죠? 우니야, 잠깐 침실로 가 있을래?"

두려운 눈이 된 우니는 2층 침실로 올라가면서도 몇 번이고 날 바라본다.

난 안심하라고 활짝 웃어보였고, 그제야 방으로 들어간다.

난 소파에 앉으며 사과부터 했다.

"소리친 거 미안해요. 하지만 이집에 와서도 한동안 우니가 어떻게 지냈는지 아시게 되면 그런 질문은 하지 않았을 거예요."

"다시 한 번 미안합니다. 무찬 학생에게도 양 형사가 질문할 겁니다."

"아뇨. 전 상관없어요."

"그럼 내가 해도 될까요?"

"성함이?"

"김철수입니다."

"네. 김 형사님이 묻고 싶은 것은 다 물으셔도 좋습니다."

"그럼 우니 학생에게 하던 질문부터 하죠. 김만구는 잔인하게 살해되었습니다. 볼펜이 두개골을 뚫고 뇌를 파괴했죠."

"정의는 존재하나 보군요. 악인에게 어울리는 죽음이네요."

"한데 무찬 학생이 김만구의 살인 사건의 유력한 용의자 중에 한 명입니다."

"그래서 찾아오신 건가요? 하지만 전 그를 죽이지 않았어요."

"그렇겠죠. 하지만 무찬 학생이 돈을 갚으러 간 시간과 불이 난 시간이 거의 일치합니다."

"글쎄요? 전 다만 돈을 주고 차용증을 받아 그들이 보는 앞에서 갈기갈기 찢어버리고 나왔어요. 이천만 원을 더 준 것에 대한 소심한 복수였죠. 그 뒤는 저도 모르지만 용의자라고 하니 혐의를 벗기 위해서라도 협조해 드려야겠네요."

"곧 증거가 나올 겁니다."

김철수는 유능한 형사였다.

눈도 날카로웠고, 거짓말을 구사하면서 상대를 살피는 능력도 있었다.

"정말 다행이군요. 범인이 잡히며 저의 무죄가 증명될 겁니다."

정보원이 알려줘 이미 이들이 찾아올 것을 알고 있었다.

그래서 보다 더 인간적인 무찬을 연기할 수 있었다.

김철수가 우니에게 질문할 때 화를 낸 것도 모두 계산된 행동이었다.

　"다음에 다시 보죠."

　"그땐 좀 더 타인을 배려할 줄 아는 분이 되어 있으시면 좋겠네요."

　"그러죠. 참! 5월 2일 날, 어디에 계셨습니까?"

　"그날 저도, 우니도 MT에 참여했어요. 다른 일이라도 있나요?"

　"아닙니다, 그럼."

　김철수와 양동휘가 대문을 나간 후 문을 닫았다. 대문 앞에서 문을 꿰뚫어보듯 쳐다보는 김철수를 느끼곤 씨익 웃었다.

　그가 아무리 노력해도 날 잡을 순 없을 것이다.

　설령 증거가 있다고 해도 말이다.

　"문 좀 그만 노려보고 가요, 김 형사님!"

　김철수는 문을 노려보며 박무찬에 대한 생각을 하고 있었다. 처음 공항 경비대에서 봤을 때와는 완전히 달라져 있었다.

　그때의 박무찬이 거친 범죄자였다면 지금의 박무찬은 완벽한 지능범이었다.

　"박무찬은 김만구의 살인범이 아니에요."

　"왜 그렇게 생각하지?"

양동휘의 말에 비로소 김철수는 고개를 돌린다.

"헐~ 김 형사님은 그가 범인으로 보였단 말이에요? 제가 그를 자세히 지켜봤는데 돈 갚으러 갔을 상황을 말할 때 가느다랗게 떨고 있었고, 심지어 눈빛은 은근히 떨리고 있었어요. 그리고 김만구가 죽었다고 했을 때, 묘한 안도감도 보이던 걸요."

"그런 사실이 그의 혐의를 벗기기에는 힘들어."

"통장 내역에도 그의 말처럼 5000만 원이 수표로 인출되었어요. 그저 재수 없게 사건이 발생하기 전 방문했을 가능성이 더 높다고요. 그리고 김 형사님의 지시한 대로 박무찬에 대해 조사를 했는데 플레져 빌딩 사건과는 아무런 연관이 없어요. 이 동네에 있는 CCTV는 다 봤는데 사건 당일 그는 집에 있었어요."

양동휘의 말에 김철수는 아무 말도 하지 않았다. 그도 알고 있었다.

그저 심증일 뿐이고, 어떠한 증거도, 증인도 존재하지 않았다는 걸.

"너무 완벽해……."

"크! 집착에 너무 심해지셨네요. 김 형사님, 제일 처음 제가 강남경찰서에 왔을 때 하셨던 말 기억 못하세요? 모든 정황이 완벽한 용의자는 의심하지 말라고 하셨어요. 시간 낭비일 뿐이라면서요."

"이 자식이 돌았나? 왜 이렇게 꼬박꼬박 말대꾸야! 박무찬은 아직 모든 정황이 완벽한 건 아니야! 아무 말 말고 박무찬이 귀국하면서부터 지금까지 모든 과정을 철저히 조사해."

"네네. 젠장, 집구석에만 있던 놈의 뭐를 찾으란 말인지 모르지만 최선을 다해 조사해보겠습니다."

"이 새끼가 정말!"

"악! 왜 때려요!"

계속 투덜대는 양동휘의 뒤통수를 때린 김철수는 이미 멀어진 박무찬의 집을 돌아보고는 잠깐 걸음을 멈췄다.

'난 네가 괴물이라는 걸 알아.'

김철수는 멀리서 자신을 바라보고 있을 박무찬에게 중얼거렸다.

3장

거래를 거절하다

　중간고사가 시작되었다. 하지만 조민현은 시험에 집중할
수가 없었다.

　대한대학교를 입학하며 찬란한 미래가 펼쳐졌고, 화려한
현실을 누리던 그에겐 청천벽력과 같은 일이었다.

　먼저 그의 아버지인 조도칠이 세무조사를 받게 된 것이다.

　그러나 조도칠도, 그도 별로 신경 쓰지 않았다. 돈 몇 푼 집
어주면 끝날 일이라고 생각했다.

　하지만 어떤 개새끼의 세무서뿐만 아니라 검찰, 심지어 청
와대까지 투서를 한 것이다.

　또한, 투서 내용에는 어떻게 알았는지 조도칠만 알던 탈세

내역까지 샅샅이 적혀 있어 완전히 세금 폭탄을 맞게 되었다.

엎친 데 덮친 격, 설상가상이라고 은행에서 대출자금 상환을 요구하면서 미래에 그가 받을 재산이 반 토막 나버렸다.

수십 채가 넘었던 아파트와 상가는 줄줄이 급매물로 내놔야 했고, 오직 강남에 있는 15층 건물만 남게 된 것이다.

이 와중에 조민현도 무사하지 못했는데 조도칠의 무역상이 탈세를 위한 회사라는 게 밝혀지면서 그가 타고 다니던 BMX도 압류를 당했다.

"씨바! 그년이 미쳤나?"

조민현은 속이 타 마시던 캔 음료를 신경질적으로 던져 버린다.

또 다른 문제도 발생했다.

바로 잠깐 즐기려 만나던 단은영이 그를 강간죄로 경찰에 신고한다고 협박을 한 것이다.

대한대학교에 수시 2차로 대한대학교를 합격하게 된 조민현은 본격적으로 화류계에 입문을 했다.

그가 가진 재력과 학력을 보고 달려드는 골빈 여자들은 수도 없이 많았다.

그리고 자신이 돈을 쓸 필요도 없었다. 그의 애마인 BMX와 합격증을 슬며시 보여준 후, '카드가 없다', '백만 원 수표밖에 없다'고 말하면 여자들이 기꺼이 계산을 했다.

그는 골빈 여자들은 그저 성적 욕구를 푸는 도구로박에 보이지 않았다.

그런데 그런 도구에 하나였던 단은영이 신고를 한다는 것이다.

그리고 단은영의 변호사가 찾아와 조용히 해결하자며 합의금으로 제시한 금액이 5억이었다.

그는 코웃음을 쳤다.

강간죄가 아니라는 걸 증명할 것은 많았다. 그녀와 다니던 곳은 모두 CCTV가 장착된 곳이었고, 그 동영상은 훌륭한 증거가 될 것이었다.

아마 법정까지 가지 않고 경찰에서 무혐의 처분이 될 가능성도 높았다.

그런데, 여자를 강제로 범했다는 소문이 경영대학에 퍼지고 있었다.

아직은 몇 명밖에 모르는 것 같은데 곧 전 학교를 떠들썩하게 만들게 분명했다.

대한대학교 경영대학을 졸업하고 로스쿨로 입학하려던 그의 미래가 흔들린다는 걸 스스로 깨달았다. 만일 재판이 시작되어 무죄판결을 받게 되어도 자신에게는 '강간'이라는 꼬리표가 평생 붙을 것이다.

대한대학교 로스쿨이 좋은 점은 동문의 힘이었다. 그런데 그 동문들에게 소문이 난다면 결코 그의 미래에 도움이 될 것이 없었다.

"여어! 너에 대해 이상한 소문이 돌더라?"

"어떤 새끼가 그래!"

합의를 할까 말까 고민을 하는 조민현은 신경을 거스르는 소리에 뒤돌아보며 버럭 욕을 했다.

그가 싫어하는 박무찬이었다.

삼수를 한 주제에 과대표라고 엄청 잘난 척하는 그를 조민현은 싫어했다.

무엇보다도 자신이 점찍은 노해윤과 붙어 다니는 게 눈꼴 셨다.

언젠가 한 번 손봐주겠다고 생각하고 있었는데 주제넘게 단은영의 얘기를 꺼내 이때다 싶어 심하게 다그쳤었다.

박무찬은 지금 그 복수를 하는 것 같았다.

"글쎄, 조만간 경영대학은 물론 학교 전체에 퍼질 소문인데 누가 말했는지가 뭐가 중요하겠어. 안 그래?"

"이 XX새끼가!"

주먹을 들었지만 때리진 않았다. 지금 상태에서 폭행까지 하면 그야말로 곤란했다.

"좋은 말 할 때 꺼져라. X새끼야."

"애들은 긴가민가하는데 난 소문이 사실이라고 생각해. 성격이 X같은 게 피해자가 더 있을지도 모르지. 감옥 가면 학생회비로 사식은 넣어주마."

"야이~ 개새끼야! 두고 보자!"

"기대하고 있지."

머리에 꼭지가 돌아버릴 지경이 된 조민현은 애꿎은 쓰레기통을 발로 찬다.

그리고 일을 해결하고 고등학교 때 그의 꼬봉을 하던 친구들을 불러 지금의 일을 후회할 정도로 만들겠다고 다짐했다.

단은영의 변호사에게 전화를 한 조민현은 제의를 받아들이겠다고 말했다.

비록 아버지에 미리 상속받은 아파트를 팔아야겠지만 지금은 돈보다 그의 명예를 지키는 것이 중요했다.

4월생으로 이미 성인이 된 조민현은 아파트를 넘기고 단은영과 합의를 했다.

조도칠이 알게 되면 골프채 몇 대로 끝나진 않겠지만 나중에는 이해해 주리라 생각했다.

내일은 전공과목 시험이었지만 그대로 집에 가기는 싫었다.

그래서 그는 자주 가는 바에 들러 술을 마셨다.

"어머! 민현이가 웬일로 혼자 술을 다 먹니?"

"그냥."

바텐더인 여성이 친근한 척 물었지만 별로 대답하고 싶지 않았던 그는 퉁명스럽게 대답했다.

"기분이 별론가 보네. 방해 안 할 테니까 편하게 마셔."

바텐더는 조민현의 기분을 알아채고는 다른 손님과 얘기를 나눈다.

평소라면 밤을 같이 보낼 여자나 그도 아니라면 바텐더와 얘기하며 마셨을 텐데 혼자 마시다 보니 은근히 빨리 취하는 느낌이 들었다.

"씨바, 내일 전공시험인데 이게 뭐하는 짓인지."

대한대학교 로스쿨을 가려면 성적은 최상위를 유지해야 했다.

"대리운전……."

"대리운전 불러줘? 잠깐만."

"아, 아뇨. 그냥 내가 할게."

습관적으로 대리운전을 요구했지만 그에게 더 이상 차는 없었다.

조민현은 확 달아오르는 얼굴 때문에 계산을 하고 재빨리 바에서 나간다.

그는 밤을 유혹하는 화려한 조명이 자신을 위해 존재한다고 생각한 적도 있었지만 오늘은 그렇지 않았다.

머리부터 발끝까지 화끈하게 생긴 아가씨도, 들어오라고 유혹하는 클럽의 조명도 귀찮기만 했다.

"예쁜 언니들 있어요. 놀다 가세요."

옆에 삐끼가 붙었지만 무시했다.

"싸게 해드릴게요."

이런 삐끼를 따라가면 정신을 잃기 십상이고 그다음엔 수백만 원의 술값을 내야 했다.

"…진짜예요. 바가지도 없고, 아가씨 팁만 조금 챙겨주면 끝이에요."

자신의 어깨를 툭툭 치며 따라붙는 삐끼에게 한 마디 하려고 돌아보려는 순간, 조민현은 정신을 잃었다.

"으~ 물! 물!"

목이 탄 조민현은 물을 찾았다.

누군가가 건네는 컵을 받아 마시던 그는 굵직한 남자의 목소리에 눈이 번쩍 떠지며 정신을 차렸다.

"사장님, 계산하셔야죠?"

"……"

정신을 깬 곳은 낯선 룸이었다.

비싸 보이는 양주병들이 어지럽게 테이블에 널려 있었고, 반쯤 헐벗은 아가씨 세 명이 의자에 쪼그려 자고 있었다.

'당했다'라는 생각이 들었지만 어떻게 이 상황을 벗어나야 할지는 떠오르지 않았다.

무엇보다도 지금 시간이 7시 30분, 9시에 있는 전공시험을 보기 위해선 당장 출발해야 했다.

"영업이 끝나서 이제 계산을 하셔야 합니다."

검은 양복의 사내는 정중한 협박을 하며 계산서를 내민다.

"헉! 처, 천만 원?"

"정확하게 천백사십만 원입니다. 어떻게… 카드로 하시겠습니까?"

"하지만, 전 술 마신 기억이……."

"음, 어제도 선생님 같은 분이 계셨죠. 하지만 계산하고 가셨습니다. 왜냐!"

사장에서 선생으로 바뀌었지만 조민현은 그저 빨리 이곳을 벗어나고 싶었다. 그리고 '왜냐'라는 말이 끝남과 바로 4명의 깡패가 안으로 들어왔기에 더 이상 생각할 시간이 없었다.

"여, 여기 있습니다."

법인 카드는 사용이 불가능했고, 대학생이 되면서 만든 카드 중 하나를 건넸다.

"잠시만 기다려주세요."

한 명이 카드를 들고 나가서 결재를 했는지 조민현의 스마트폰이 삐링거린다.

"형님. 한도가 오백인데요."

카드를 들고 나갔던 사내가 들어오며 말한다.

"들었습니까? 나머지는 어떻게 하실 건지?"

조민현은 재빨리 다른 카드를 꺼내 줬다. 하지만 그것 역시 한도는 오백만 원이었다.

"깎아주시면 안 될까요? 더 이상 카드는 없습니다."

조민현은 어쩔 수 없이 사정을 말했다.

"당연히 안 됩니다."

하지만 눈앞의 사내는 단칼에 거절했고, 조민현이 들고 있던 지갑을 뺏어 그 안에 있던 천 원짜리 지폐마저 가져간다.

"이제 백십만 원정도 남았군요."

"제가 꼭 갚겠습니다. 오늘 밤… 아니, 학교 다녀와서 바로 이곳으로 오겠습니다."

"미안하지만 외상은 없습니다."

"그럼 어떻게 합니까? 아무것도 없는데요."

조민현은 자신에게 아무것도 없음을 강조하려는 듯 호주머니를 뒤집어 보였다.

"비싼 옷을 입었군요. 아래위로 벗어도 우리가 손해지만 그 정도면 될 것 같군요."

물론, 옷의 값어치는 백만 원이 넘었다.

하지만, 벗어주면 집에 들렀다 가야 하는데 그렇게 되면 전공시험은 물 건너가게 되었다.

"제발 부탁입니다. 정말 꼭 갚겠습니다. 오늘 중요한 시험이라……."

"중요한 시험이 있는 분이 여자 세 명을 끼고 술을 드셨어요? 옷을 벗든가, 아님 누군가에게 전화해 돈을 가지고 오든가 둘 중 하나야. 알았어?"

피하고 싶은 순간이 왔다는 걸 조민현은 알게 되었다. 여기서 목소리 높여봐야 매만 번다는 사실을 알고 있는 그는 바닥에 납작 엎드렸다.

"저녁에 이백으로 갚겠습니다. 학생증도 맡기겠습니다. 제발 그냥 보내주십시오."

"여긴 왜 이리 소란스러워?"

"아무것도 아닙니다, 형님!"

돈을 받는 사람보다 높은 이가 왔다는 걸 깨달은 조민현은 그에게 말을 하려고 고개를 들었다.

"박무찬?"

검은 양복의 사내들과 달리 회색 양복을 입고 있는 사람은 조민현의 동기인 박무찬이었다.

머리를 올백으로 넘기고 인상을 쓰는 모습은 조폭처럼 보였지만 분명 그였다.

"이 새끼가 죽을라고! 형님 이름을 함부로 불러!"

"놔둬라. 손님한테 그럼 되겠냐?"

막 발이 날아오는 모습에 조민현은 눈을 질끈 감았다. 하지만 박무찬이 이를 말렸다.

"무찬아, 살려줘라!"

조민현은 그가 여기를 무사히 나갈 방법은 박무찬밖에 없음을 알고 그에게 빌었다. 한데 그의 반응은 싸늘했다.

"박무찬? 내가 니 친구냐?"

"에, 에?"

"내가 니 친구냐고. 학교에서 내가 웃어주고, 곱게 얘기해주니 우습지?"

"아, 아니… 요."

"나이 두 살 더 먹어서 좋겠다고 했지? 너 영원히 어린 채로 사람들 기억 속에서 살고 싶냐?"

"아닙니다!"

"혹시 한 번만 더 나한테 반말 지껄이면 그땐 각오해라. 그리고 나 보면 피해 다녀. 알겠냐?"

"예예."

"시험 못 보면 과대로서 마음이 아프니까. 이 돈 가지고 택시 타고 학교로 가."

"고마… 감사합니다."

만 원을 주는 박무찬에게 고맙다 인사를 하려던 조민현은 박무찬이 인상을 쓰자 90도로 인사를 하며 만 원을 받아 밖으로 도망치듯 나갔다.

"수고들 하셨어요."

"어려운 일인 줄 알았더니 쉽네요. 친구 분에게 사장님한테 말 좀 잘해달라고 해요."

"물론이죠. 큰 도움 받았다고 말해달라고 하죠. 그리고 이건……."

"이런 건 필요 없어요. 사장님이 부탁한 일이신데."

"그래도 그게 아니죠. 저녁이나 한 끼 하시라고 드리는 거니 부담 갖지 마세요."

"하하! 앞으로도 이런 일 있음 찾아와요. 돈도 벌고 재미도 있네."

그가 사라지는 걸 확인한 박무찬과 검은 양복의 사내들은 화기애애하게 얘기를 나눈다.

그리고 돈 봉투를 건넨 박무찬은 옷을 갈아입고 술집을 떠났다.

*   *   *

중간고사가 끝이 나자 날씨는 봄이라기엔 너무나 더워졌다.

그와 함께 캠퍼스는 여학생들의 살색 물결이 넘쳐나고, 남학생들의 눈은 쉴 새 없이 움직인다.

"여기서 뭐해?"

최근 스토킹하는 노해윤은 역시나 캠퍼스 한 귀퉁이에 숨어 있는 날 찾아낸다.

"여자 구경."

"날 봐!"

넉넉하고 부드러운 소재의 셔츠에 살짝 짧은 반바지를 입은 노해윤은 내 앞을 당당히 가로막는다.

얼굴선은 거의 그대로지만 예전에 비하면 살이 엄청 빠져 —물론, 그래봐야 요즘 마른 애들에 비해선 통통한 편이다—

반바지가 무척 잘 어울렸고, 긴 머리를 틀어 올려 내가 선물로 준 비녀를 꼽고 있다.

하얀 피부에 옅은 붓으로 그려 놓은 눈썹과 동그란 눈, 오똑한 코와 유행을 따르지 않은 핑크빛 립스틱을 바른 입술.

인형처럼 예쁘다.

하지만 먹으면 반드시 죽게 되는 독이 든 떡이다.

"잘 봤어. 그러니 비켜줘. 이제는 먹을 수… 험! 구경을 계속해야겠다."

머릿속 생각이 아무 거침없이 나올 뻔했다. 성희롱으로 충분히 고소당할 말이었다.

"중간고사가 끝났으니 이제 약속 지켜."

"지금?"

"응. 약속은 없지?"

"있다고 해도 취소해야지. 아무리 싫다고 해도 어른과 한 약속이잖아."

노찬성 회장과의 만남은 약속 자체를 무산시키려 했지만 불가능했다.

그는 역시나 노련했다.

나와 친해진 노해윤의 경호원들을 자르겠다는 협박까지 서슴지 않았다.

그래서 결국 중간고사 이후에 만나기로 약속을 했고, 그게 오늘이었다.

"어디로 가는 거야?"

"아빠가 집으로 데려오라고 했어."

"장모님이 맛있는 음식 많이 준비하셨대? …농담이다. 괜히 얼굴 붉히지 마라."

"…이게!"

농담에 팔을 휘두르는 노해윤.

하지만 맞고 싶은 생각은 없어 피했다.

하지만 더욱 거세지는 휘두름. 계속 피한다.

서울시에 카페가 몇 갠데, 호텔 레스토랑이 몇 갠데, 왜 하필 집이란 말인가?

그냥 학교 친구 집에 놀러간다고 생각하면 편하겠지만 전혀 그렇게 생각되지 않는다.

난 집으로 오라고 한 불만을 노해윤에게 풀며 노찬성 회장의 집으로 갔다.

"무찬 군, 어서 와요."

"처음 뵙겠습니다, 해윤 어머님. 박무찬이라고 합니다."

노해윤은 어머니인 김춘옥 여사를 빼다 닮았다.

난 그녀에게 딱딱한 말투로 인사를 했다.

"편하게 말해요."

"그래도 될까요? 그럼 어머님도 편하게 말을 낮추세요."

"호호! 그럴까? 들어오렴."

얼굴뿐만 아니라 최면에 취약하다는 점도 닮았다.

지금 내가 지내는 집도 저택이라 불릴 만큼 크고 좋은 집이다.

하지만 노찬성의 집은 두 배쯤 커 보이고 안의 인테리어는 막눈인 내가 보기에도 고급스러워 보인다.

"그이는 20분 정도면 도착하다고 하니 차나 한잔할까?"

"네. 그러시죠."

차가 나올 때까지 가벼운 대화를 나눈다.

"우리 해윤이가 항상 무찬이 얘기를 해서 궁금했는데 이렇게 보니 이유를 알겠네."

"과찬이세요. 같은 과, 같은 동아리다 보니 해윤이가 절 좋게 봤나 봐요."

"이야~ 박무찬, 너 좀 전에 태도랑 180도 다르다. 너답지 않게 왜 그렇게 예의를 차리는 거야?"

"해윤아. 그럼 내가 어른 앞에서 개망나니처럼 굴어야 보기가 좋겠니?"

"그건 아니지만 평소와 달라도 너~무 달라."

"예의를 아는 거지. 그건 그렇고 어른과 얘기할 때는 끼어드는 건 좋은 습관은 아냐."

해윤이 샐쭉한 표정을 짓는다.

"호호. 두 사람 마치 사이좋은 연인 같아."

도대체 어디가요? 아무리 모녀지간이라지만 닮아도 너무 닮은 거 아냐?

"해윤이는 곧 아빠 오실 테니 편한 옷으로 갈아입으렴."

김춘옥 여사의 말에 해윤은 자신의 방으로 갔고, 넓은 거실 소파에는 그녀와 둘만 남게 되었다.

"무찬인 해윤이에 대해 어떻게 생각해?"

"밝고, 착하고, 예쁘고, 머리 좋고, 사교성 좋고, 건강한 친구죠."

"해윤인 무찬이가 자신을 어린애 취급한다고 불평하든데…… 내가 볼 땐 아니네."

"하하. 저도 지극히 정상적인 남자예요. 경영대학뿐만 아니라 학교에서 해윤이에 대해 가슴앓이 하는 이들이 꽤 많아요. 누가 해윤이 같은 여자를 싫어하겠어요."

제2의 이다혜가 생기는 걸 원하지 않았다기에 노찬성 회장과 만났을 때 어느 정도 솔직히 말할 생각이었다.

다만 집으로 오는 바람에 김춘옥 여사에게 말하게 된 것이다.

"난 해윤이가 대학생이 되어 많은 남자와 연애하기를 바라고 있어."

"저 역시 해윤이가 그러길 바라요. 해윤인 아직 남자에 대해선 무지하거든요. 단지 해윤이가 자신처럼 밝게 빛나는 남자를 만났으면 해요."

"자네는 어둡다고 말하는 건가?"

"여보! 기척이라도 하시지……."

노찬성 회장이 현관에 들어올 때부터 알고 있었지만 살금살금 걸어오는 것을 느끼곤 그저 모른 척하고 있었다.

"박무찬입니다."

"해윤이 애비일세. 놀라게 할 생각이었는데 그리 놀란 표정이 아니군?"

"아닙니다. 많이 놀랐지만 속으로 삭이고 있습니다."

"이거 엎드려 절받기군. 그나저나 약속한 당사자인 내가 늦어 미안하네."

"어머님과 즐겁게 대화하고 있었습니다."

천하의 노찬성 회장이 한참 아래인 나에게 사과를 한다라……

오늘 너무 쉽게 생각하고 온 게 아닐까 하는 불안감이 들었다.

"아빠, 오셨어요? 오늘 하루도 고생하셨어요."

"허허허! 너도 학교 잘 다녀왔느냐?"

얼음 마황이라는 별명이 무색하게 노해윤을 보고 환하게 웃는 걸 보니 '딸 바보'라는 소문이 사실이라는 걸 알 수 있었다.

노찬성 회장은 식탁이 부서져라 차려진 음식을 보고 '사위라도 온 건가?'라며 농을 하고는 시종일관 두 모녀에게 환하게 웃으며 식사를 했다.

나 역시 가벼운 질문에 답하며 맛있게 식사를 마쳤다.

"차는 정원에서 무찬 군과 먹지."

노찬성 회장은 정원으로 나오자 언제 웃었냐 싶게 얼음조각 같은 얼굴로 바뀐다.

차를 마시던 그는 잔을 놓고 말했다.

"아까 한 말의 답을 해보게."

"전 어둡습니다. 회장님도 이미 아시지 않습니까?"

이미 나에 대해 알아보지 않았느냐라는 물음이었다.

"조금 알아봤지. 한데 나에 대해선 언제 알았나?"

"경제지에 나온 회장님의 얼굴을 보고 알았습니다. 해윤이가 사모님을 많이 닮았지만 회장님도 닮았으니까요."

"그런가? 한데 아까는 내 아내에게 어미님이라고 부르더니 지금은 왜 사모님인가?"

"사모님은 그리 듣기를 원하시나 회장님은 원하시지 않으니까요."

"왜 그렇게 생각하는지 모르겠군."

식탁에서 어머님이라 부를 때마다 움찔거렸던 그였다.

"그럼, 내가 정진그룹의 노찬성이라는 걸 알았다면 해윤이를 노려볼 만하지 않았나? 그 애가 받을 것에 욕심내는 이들도 많은데 말이야."

"저에 대해 잘 아시지 않습니까?"

"재미없는 친구군. 내가 자네에 대해 다 알았다면 이렇게 부르지도 않았겠지. 그래, 그 정도 재산이면 몇 대를 놀고먹기엔 충분하겠지. 하지만 사람 욕심이라는 게 끝이 없어. 가지면 가질수록 더 갖고 싶지."

"글쎄요? 전 지금으로 만족하고 있습니다."

"젊은 사람이 할 소리는 아닌 것 같군. 한데 지금으로 만족한다면 왜 그리 주식투자를 공격적으로 하는 겐가? 정진전자에도 40억 원어치 주식을 사서 5억 원을 벌었더군. 그 외에도 2달이 되지 않는 기간에 번 돈이 50억이 넘던데, 말과 행동에 차이가 있다 싶은데?"

정진그룹의 조사팀이 웬만한 정보조직보다 우수하다더니 틀린 말은 아닌가 보다.

"필요하니까요."

"으음, 많은 재산을 가지게 될 내 딸은 필요 없는데 돈이 필요하다? 가까운 미래를 위한 일인가 보군. 아! 말하지 않아도 되네. 생각하는 재미를 놓칠 순 없지."

생각할 때의 버릇인지 손가락들이 피아노를 치는 것처럼 움직인다.

그나저나 이 사람 정말이지 조심해야 할 사람이다. 조각난 정보의 일부만으로도 전체를 볼 수 있는 능력을 지닌 자.

지저 밑바닥에 있는 악마가 제거하라고 유혹한다.

"......"

고수다!

내 영역에 침범했음에도 내공이 스스로 움직이지 않다니.

내 옆에는 어느새 중년의 한 사내가 서 있었다.

한 수에 목숨을 잃을 수 있는 영역은 2m였다. 그래서 2m 내에 있는 사람이 누구든 내 내공은 스스로를 보호하려고 그를 주시했고, 언제든지 발동되도록 준비되어 있었다.

지금까지 예외인 사람은 두 명이었다.

클로버와 전대 고스트.

클로버는 넘사벽이었다. 내 몸에 난 수많은 상처는 그가 낸 것이다.

마치 날 훈련시키듯 소리 없이 내 영역을 침범해 공격을 했었다.

그때마다 난 도망치기 바빴다.

전대 고스트도 무서운 인물이긴 했지만 난 그를 죽이고 고스트라는 별명을 가지게 되었다.

한데, 이곳 노찬성 회장의 저택에서 그 둘과 비슷한 인물을 만나다니… 놀라웠다.

"무슨 일인가?"

"아닙니다. 이상한 느낌이 들어 둘러보고 있었습니다."

"고생하게."

웃지는 않았지만 뒤돌아 천천히 걷고 있는 중년의 사내를 바라보는 노찬성 회장의 눈은 신뢰로 가득했다.

"누구십니까?"

"경호실장이야. 내가 가장 믿는 사람 중 하나지."

난 기운을 분리해 멀찍이 떨어져 있는 경호실장에 두고 얘기를 계속했다.

"왜 저와 만나자고 하셨는지 알 수 있겠습니까?"

"이유는 두 가지네. 하나는 자네에게 흥미가 있다는 것, 다른 하나는 내 딸아이가 좋아하는 남자가 누굴까 하는 것이지."

"두 가지 다 탐탁지 않을 거라고 생각합니다."

"그건 자네 생각이지. 2시간 이내라고 했으니 이제 30분쯤 남은 건가? 그동안 얘기해보고 내 생각을 말해주지."

역시나 회장 지위는 짤짤이를 해서 딴 것이 아닌 모양이다.

"여기서 약속을 깨는 못난 짓은 하고 싶지 않네요. 말씀하세요. 최선을 다하진 않겠지만 흥미를 풀어드리긴 하죠."

어차피 내 의견을 밝히자는 생각도 있었으니 편하게 대화를 하자는 쪽으로 마음이 기울었다.

"좋은 자세네. 자네에 대해 알아봤다는 건 이미 알고 있으니 편하게 말하지. 5개월 만에 수능에서 만점 가까이를 맞았더군. 그리고 투자 학술회에 있는 책을 다 읽은 것 같고 말이야. 그게 사실인가?"

"수능은 운이 좋았고, 동아리실에 있는 책은 몇 권만 읽어도 그 다음부터는 비슷비슷한 내용에요. 훑어본다면 못 볼 이유도 없죠."

"나더러 알아서 판단하라는 건가? 대한대학교 교수들에게도 물어봤더니 놀랄 정도로 비상한 머리를 가졌다더군. 입학 전에 교수들의 전공 서적은 물론이고, 논문까지 외울 정도로 말이지. 그래서 내 생각은 확실해졌네. 아주 우수한 기억력을 가지고 있다는 쪽으로 말이지. 한데 기억력만 우수한 게 아니었어. 이해하고, 응용하는 능력도 우수하더군. 축하하네. 이번 중간고사는 자네가 1등 했어."

"……."

노찬성 회장이 날 부른 건 그의 말처럼 나에 대해 알아보고자 하는 생각 때문이 아니다.

이미 결론을 짓고 자신에 말에 반응하는 나를 살피고자 하는 것일 수도, 아님 다른 목적이 있을 수도 있다는 것이다.

"다른 걸 묻지. 자네의 투자를 살펴봤네. 아, 해윤이가 많은 정보를 줬네만 부디 그 애를 탓하진 말게. 그 애는 자신이 좋아하는 남자의 멋있는 점을 나에게 말하고 싶었을 뿐이니까."

"탓하지 않죠."

"고맙네."

"별말씀을요."

"어쨌든 자네의 투자를 나름 분석해보니 실패가 없더군. 마치 그곳에 투자를 하면 이득을 볼 거란 정보를 알고 있는 사람처럼 말이야. 자네는 투자의 귀재인가? 아님 은밀한 정보를 알 수 있는 능력이 있는 건가?"

"실패도 있었죠. 매수 타이밍을 잡기엔 아직 무리니까요. 회장님의 말씀 중 어디에도 속하진 않지만 후자에 가깝다고 말씀드리죠."

"불친절한 친굴세. 이번 일은 사실 나도 너무 막연해. 자네의 투자 내역은 알고 있지만 해윤이의 정보는 무척이나 주관적이었거든. 그러지 말고 예를 하나 들어주게. 이왕이면 우성정보에 관한 걸로."

우성정보?

노찬성 회장이 왜 우성정보를?

머릿속으로 우성정보에 관한 내용들이 나열되며 방금 던진 질문과 합쳐져 또 다른 곳의 회사에 관한 정보를 끄집어낸다.

"…제가 우성정보에 대한 한 가지 정보를 알아냈어요. 회사 사장이 자신이 숨겨 보유했던 주식을 시장에 팔 계획이라는 얘기였죠. 이건 해윤이에게 들은 내용일 테니 자세히 말하지 않아도 되겠죠? 그 외에 동아리실에서 말하지 않았지만 한 가지 더 알고 있던 사실이 있었어요."

"그게 뭔가?"

"그저 우성정보 사장의 행동에 관한 것이었어요. 뭐랄까? 기운이 없고, 모든 걸 체념한 사람처럼 보였다는 것이죠. 그 때 전 그가 사장직에서 물러날 것이라 추측을 했죠. 그래서 2억을 투자했어요."

"막연한 정보로 투자를 했군."

"맞아요. 추측에 불과했죠. 한데 그 생각이 들면서 또 다른 추측을 했어요. 우성정보 사장이 자의가 아닌 타의에 의해 물러나는 게 아닐까하는 생각이었죠."

"그런데?"

"한데 추측이 다 맞았어요. 그리고 새로운 사장이 올라가면 주가가 다시 오를 거라는 예상을 해 풋옵션으로 번 6억을 다시 투자했죠. 그런데 정상으로 갈 거라고 생각했던 주식이 2배까지만 오르고 더 이상 오르지 않아 이상했어요."

"그럴 수도 있지. 투자자들이 새로 임명된 사장의 비전이 그 정도 가치밖에 없다고 생각한 모양이지."

"저도 그렇게 생각했어요. 그래서 팔까 했는데 이상한 점이 하나 있어서 지금까지 가지고 있었죠. 거래가 거의 없음에도 나오는 족족 누군가가 사들인다는 점이었죠. 한데 오늘 회장님 때문에 이상한 점이 풀렸네요."

"나 때문에 풀렸다?"

"네. 감사합니다."

"인사는 나중에 듣고 빨리 말해보게."

"내일부터 우성정보 주식을 나오는 족족 사야겠습니다. 정진전자 주식도 마찬가지로 사야겠고요."

정진전자는 유럽과 전자제품의 대량수출 계약을 했다. 하지만 그게 다가 아니었다.

특허 소송 때문에 막혀 있던 스마트폰과 패드형 컴퓨터를 판매할 수 있는 방법을 알아냈는데 바로 우성정보의 기술이었다.

우성정보는 스마트폰에 관련된 기술 개발에 실패했다고 발표했지만 성공해 정진전자로 넘어갔음에 분명해 보였다.

역시나 모두 추측이었지만 마치 그동안 머리를 어지럽히던 문제가 풀린 것처럼 가벼운 흥분이 일었다.

"하? 무슨 말을 하는지 모르겠군. 상상력까지 우수할지는 몰랐어."

시치미를 떼듯이 내 추측이 틀리다고 말했지만 이미 늦었다.

그가 아주 짧은 보인 놀람을 난 놓치지 않았다.

"그냥 좀 전에 한 질문의 답이라고 생각해주세요."

"그러지."

내 말에 속이 타는지 차를 천천히 마시며 분위기를 바꾼다.

"내 딸 해윤이에 대해선 어떻게 생각하나?"

"사랑 한 번 못해본 공주가 옆에서 잘해주는 기사에게 반한 거죠. 콩깍지가 벗겨지면 아무 일 없이 원래의 자리로 돌아갈 거예요."

"재밌는 표현이군. 자네 말에 따르자면 어둠의 기사 정도 되겠군."

"네."

"한데, 난 어둠의 기사가 마음에 드는데 어떻게 할 텐가?"

이 아저씨가 지금 무슨 소리 하는 거야!

내가 어디 가서 빠지는 신랑감은 아니지만 이 사람들 세상에서는 그저 없어도 그만인 사람이었다.

"해윤이가 클 때부터 항상 생각해 왔네. 그 애가 원한다면 평범한 회사원이라도 결혼을 시키겠다고 말이지. 한데, 막상 남자 친구가 생겼다고 하니 그때의 생각은 온데간데없이 사라지고 내 딸아이를 행복하게 해줄 사람인지 따지게 되더란 말이야."

"당연하죠. 주변에 찾아보면 훌륭한 이들이 많을 겁니다. 그리고 전 해윤이의 친구는 맞지만 남자 친구는 아닙니다."

"자네, 여잔가?"

그런 말이 아니잖습니까!

"서미혜 때문이라면 괜찮네."

…할 말을 잃게 만드는 재주가 있는 양반이다.

어떻게 서미혜와의 관계를 알게 된 것인지 궁금했다. 하지만 표정에 변화를 일으키고 동요할 만큼 약하진 않았다.

"미혜 누나랑은 오래된 아는 사이일 뿐인데요."

"사귀었다고 해도 상관없네. 내 주변에서는 흔한 일이니까. 다만 해윤이와 있을 땐 그 애에게 최선을 다해달라고 부탁하지."

도무지 자신의 생각 외에는 관심도 없는 사람처럼 보인다.

"다칠 거예요. 아파할 거고요. 그래도 괜찮으세요?"

"겪어야지. 한 사람만 사랑해서 결혼을 하는 건 바라지 않네. 많이 아파하고, 괴로워하다 보면 진정한 사랑을 만나는데 도움이 되겠지."

역시 아버지인가?

노찬성 회장의 말에는 노해윤에 대한 애정이 듬뿍 담겨 있었다. 하지만 실연의 아픔을 나로 인해 겪는 건 싫었다.

"거절하겠습니다."

"용기 없는 젊은이군. 자네 혹시 거래 좋아하나?"

"거래 좋아하죠. 비록 금방 깨질 거래라고 해도 말이죠."

"내 눈이 틀리지 않았군. 나 역시 거래를 무척 좋아하네. 인생은 모두 거래라고 생각한다네. 물론, 가족을 제외하곤 말이지. 가까운 미래에 자네가 할 일을 도와주지."

귀가 솔깃한 제안이다.

노찬성 회장이 돕는다면 지금 당장에라도 신수호에게 복수를 시작할 수 있다.

잠시 고민을 해야 했다.

모든 면에서 이익인 거래다. 중국에 갈 때 그냥 헤어지자고 말하고 떠나면 그뿐이다.

하지만 이다혜와 서미혜를 보면서 마음의 상처도 내 몸에 난 상처와 다를 바 없다는 걸 깨달았다.

"죄송합니다. 전 해윤이가 저 때문에 아프길 바라지 않아요."

고민한 것이 우스울 정도로, 거절하고 나니 기분이 가볍다.

"거의 넘어올 뻔했는데 아깝군. 본인이 싫다는데 어쩔 수 없지. 그리고 약속한 2시간이 되기 5분 전이군. 오늘 대화 즐거웠네."

"저도 즐거웠습니다. 사모님과 해윤이에게 인사하고 이만 가보겠습니다."

노찬성 회장은 아무 말 없이 그저 식은 차를 홀짝일 뿐이었다.

두 사람에도 인사를 하고 나오니 해윤의 차가 대기하고 있었다.

하지만 거절을 하고 걷기로 했다.

건물 위에 걸린 밝은 달은 어둠에서도 밝게 빛을 내고 있다.

4장

새로운 적

이미 오래전 울기를 멈췄던 전화가 다시 운다.

받을까 말까를 고민하는 동안 벌써 10번이 넘게 울었다.

그리고 20번이 울고 나서야 알았다.

받아야 한다는 걸.

서미혜였다. 헤어지고 3일째 되는 날, 3통의 메시지가 왔다.

못 헤어지겠다, 다시 만나자, 미안하다는 게 주 내용이었다.

그리고 몇 달 전 '보고 싶다'는 메시지를 보내곤 끝이었다.

난 그동안 그녀의 말을 들었다. 메시지를 받았을 뿐, 단 한

번도 답신을 보낸 적이 없었다. 몇 번이고 망설이다 보내지
못했다.

"여보세요?"

—나야……

반가웠다.

목소리를 듣게 돼 기쁘다고 말하고 싶다. 하지만 침을 삼키
듯 말을 삼킨다.

"잘 지냈죠?"

감정을 완벽하게 조절할 수 있다고 생각했는데 아니었다.

기쁨이 말에 묻어난다.

—응. …보고 싶다.

많은 감정이 느꼈다. 어쩌면 그녀가 아니라 내가 흔들린 걸
지도 모른다.

하지만 만나지 않으면 후회할 것 같았다.

"갈게요. 어디에요?"

—예전에 그 집. 창문 열어둘까? 근데 지금 비 많이 오고 있
어.

"괜찮아요. 비옷 입고 갈게요."

장마 전에 내리는 봄비였지만 열대지방의 스콜처럼 쏟아
진다. 하지만 그 비를 뚫고 달리는 내 발걸음은 가벼웠다.

"어서 와."

창문이 열리기를 기다리던 서미혜는 수건을 건넨다.

그녀의 집은 변한 건 없었다.

다만, 말할 때 은은하게 풍기는 술 내음과 고단해 보이는 얼굴에 가슴이 아프다.

난 아무렇지 않게 살았는데 그녀는 힘들게 살아온 것 같아 아프다.

"좀 말랐네요?"

"회사 일이 좀 힘드네. 샤워하고 나와. 따뜻한 차 줄게."

비옷을 입고 있었지만 많이 젖어 있었다.

샤워를 마치고 나오자 예전에 입던 잠옷이 놓여 있었다.

"아직 버리지 않았네요?"

"물건을 정리하려고 했는데 칫솔하고 잠옷밖에 없더라. 그마저도 정리하면 아예 지워질 것 같아 못 치웠어."

와인이 가득한 잔이 들고 소파에 앉아 있던 서미혜는 잠옷을 입고 나오는 과거의 날 보며 환하게 웃는다.

"학교생활은 어때?"

"계획대로 과대표 됐어요. 그리고 그 자리를 이용해 많은 선배들과 교수님들을 만나고 있어요."

"무찬이라면 잘할 거야. 여자 친구는?"

"아직 없어요."

"여대생들이 눈이 삐었나 보다, 이런 멋진 애를 그냥 두다니 말이야. 많이 사귀어. 그래서 사랑도 해보고, 실연도 겪어 봐."

"그래야 하는데 마음에 여유가 없어요. 내년이나 내후년쯤 엔 중국에 유학을 갈수도 있거든요."

"바보, 결혼할 상대를 만나는 것도 아닌데 뭘 망설여, 그냥 사귀는 거지. 근데 중국은 왜 가는 거야? 공부하러?"

"할 일이 있어서요."

"무찬인 참 비밀도 많아. 신수호에게 복수한다면서 중국은 왜 가는 거야?"

헤어진 사이인데도 중국을 간다고 하니 많이 아쉬운 모양 이다.

하지만 서미혜는 나의 비밀을 자신이 가장 많이 알고 있다 는 사실을 알까?

중국에 대한 얘기는 할 생각이 없었기에 화제를 돌렸다.

"술 그만 마시고 미혜 씨 얘기 해봐요."

"내 얘기 하려면 술이 필요한데?"

"심심한 손은 내게 맡기고 얘기해요."

난 술잔을 들고 있던 그녀의 손을 잡고 천천히 주물었다.

3개월 만에 만난 서미혜의 몸은 예전에 비하면 엉망이었 다. 탁한 기운이 가득했고, 스트레스로 인해 뭉친 부분도 많 았다.

"아아! 아픈데 어떻게 얘기하니?"

"후렴구라고 생각할게요."

"그때랑 달라진 건 없… 악! 이 자식이 불만 있으면 말로 해!"

손을 올리며 내 어깨를 한 방 때린 서미혜가 말을 잇는다.

"회사일은 여전히 지지부진한데 결혼 준비까지 하다 보니 정신이 없어. 매일같이 그만두고 싶다는 생각뿐인데 못하겠다는 말이 안 떨어져. 아~아! 아파. 흑!"

말을 하면서 맺혔던 눈물이 지압의 아픔 때문에 흘러내리기 시작한다.

"많이 아프죠? 미안해요."

"그래 많이 아파! …흑흑!"

난 지압을 그만두고 그녀를 품에 안았다.

한 번 터지기 시작한 울음은 그칠 줄 모르고 계속되었다.

술에 취하고, 울음에 취한 서미혜는 한참을 울다 내 품에서 잠이 들었다.

엉망이 된 머리를 만져주고 마르지 않은 눈물을 닦아준다. 눈물이 말라 양 볼로 하얀 길이 난 모습이 우스꽝스럽다.

강하고 당찬 줄로만 알았는데 지금은 그냥 정략결혼에 겁이 난 여자였다.

"오길 잘했다."

곤히 잠든 서미혜를 보자 불편했던 무언가가 사라지는 듯했다.

어떤 감정인지 설명할 길은 없었다.

그저 오늘 오길 잘했다는 생각이 들었고 서미혜가 행복해지길 바랐다.

"잠들었었나 보네?"

"네. 이제 좀 괜찮나요?"

"한결. 나는 약한데 주변에서 자꾸 강하다고 하니 정말 강한 줄 착각한 거야."

"어려운 말이네요."

"그냥 울고 싶을 때 운다는 얘기야. 호호호!"

확실히 좀 전과 다른 게 표가 난다. 환하게 웃는 그녀와 같이 난 미소를 지었다.

"너도 좀 달라져 보인다?"

"뭔지는 모르겠는데 많이 편해졌어요."

"헤어질 때 너무 담담해 보여 속으로 많이 욕했는데…….
지금 말을 들으니 한결 마음의 위로가 되네."

우리는 오랜만에 긴 얘기를 나누었다.

그녀가 좋아하는 경제 얘기도 있었지만 대부분이 그냥 소소한 일상에 관한 것이었다.

"결혼한 다음에도 간혹 만나 얘기나 해요."

"어머, 겁쟁이가 웬일이래?"

"공개된 장소에서 커피나 마시자는 거죠. 유부녀는 제 취향이 아니랍니다."

"피~! 그럼 마지막 처녀파티를 해볼까?"

"선택의 여지가 없는 파트너지만 괜찮다면 최선을 다해볼게……."

말을 다 끝내지 못했다.

부드럽고 따스한 입술이 포개진다. 숨이 거칠어질 때까지
키스는 계속된다.

"그날처럼 해줘……."

볼이 살짝 붉어진 서미혜는 음양교합법을 원했다.

입에서 목으로, 목에서 그 아래로 내려가며 서서히 기로 그
녀를 자극했고, 음양교합법을 위한 혈도를 눌렀다.

"하악!"

거친 숨을 몰아쉬는 서미혜와 난 곧 하나가 되었다.

절정에 이르기를 몇 번 마침내 사랑은 끝이 났다. 그리고
몽롱한 정신 상태인 그녀는 의미를 알 수 없는 몇 방울의 눈
물을 떨군다.

그런 그녀를 꼭 안았고, 그녀도 힘껏 안는다.

이제 이 순간이 서미혜와의 마지막이라 해도 후회와 아쉬
움은 없었다.

그녀의 결혼 이틀 전.

계약의 끝이 아닌 하나의 사랑이 끝이 났다.

*　　　　*　　　　*

천외천의 청룡단주 남궁린은 중화회의 회주로부터 전화를

받았다.

중화회의 한국지부가 단 한 명에게 괴멸 당했다는 얘기였다.

일단 알아보겠다며 끊었지만 그가 생각하기에도 S급 섬에서 탈주한 이가 벌인 소행이 분명했다.

"현무단의 조단성은 아직인가?"

─지금 로비에 와 있답니다.

"검문은 생략하고 들여보내."

─알겠습니다.

스피커폰으로 들리는 비서의 목소리는 남궁린의 기분을 아는지 평소와 다르게 딱딱하게 굳어 있었다.

"부르셨습니까?"

"이쪽으로 앉지."

조단성이 소파에 앉기가 무섭게 남궁린을 말을 꺼냈다.

"작년 S급 섬을 탈출한 놈들 중 한 명이 사고를 쳤어."

"문파원 중에 누가 당하기라도 했습니까?"

"아니. 문파원이 당했다면 자네에게 이미 연락이 갔겠지."

조단성은 속으로 안도의 한숨을 쉬었다. 그렇지 않아도 미국 암흑가에 세력을 확장하기 위해 수많은 현무단원들이 그곳에 가 있었다.

그런데 문파원이 죽었다면 '피의 맹세'를 지키기 위해서라도 그들을 다시 불러들여야 했다.

"그럼 다른 조직이 당한 겁니까?"

"그래. 중화회의 한국지부가 괴멸되었다더군."

"중화회 한국지부라면……."

"맞아. 장무계 노사와 장노계 노사가 그곳에 있었지. 하지만 그 두 분도 당했다더군."

"허, 안타까운 일이군요."

중국은 넓었지만 무술 계는 생각보다 좁았다.

무술을 전승시키기 위해 재능 있는 이들에게 자신의 무술을 전수하길 거리지 않았다.

그러다보니 자연스레 현무단에서도 그의 팔패권을 전수받은 이들이 꽤 되었다.

"그보다는 한 놈이 한국지부 전체를 지워버렸고, 그놈이 바로 우리가 놓친 놈이라는 게 문제지."

"상당한 금액을 요구했겠군요."

"그 욕심 많은 늙은이가 돈 얘기는 없었어. 당장 그놈 목을 가져오라는 말뿐이었어."

"그래서 어떻게 말하셨습니까?"

"일단 알아보겠다는 말만 하고 끊었어. 그때 탈출한 놈 중에 한국 놈이 있었나?"

그때 6명의 시체를 찾지 못했다.

클로버, 디오네이아, 위즈, 몰린, 세브란코, 들여보낸 지 얼마 안 되는 제시.

조단성은 그 6명 중 10년이 넘어 문서가 파괴된 클로버와 디오네이아의 국적과 실명에 대해선 알아내지 못했지만 나머지 네 명에 대해서는 파악을 하고 있었다.

그중 한국인은 한 명뿐이었다.

"위즈, 박무찬입니다."

"위즈라고? 이거 곤란하게 됐군."

선수들에 대해서 잘 모르는 남궁린도 위즈에 대해서는 알고 있었다.

S급 섬에서 결코 일어나지 않는 일을 그가 해냈기 때문이다.

S급 섬은 인원을 맞춰주기 위해 사람을 보낼 때 두 부류로 보냈다.

한 부류는 사냥감이 되라는 뜻에서 초보를 보냈고, 다음 부류는 A급 섬에서 살아남은 자들 중 강한 이들을 보냈다.

하지만 두 부류 중 어느 누구도 S급 섬에서 이름을 날린 사람은 없었다.

한데 그걸 위즈가 해낸 것이다.

남궁린이 고민에 빠져 있자 조단성이 조심스럽게 물었다.

"어떻게 하실 생각입니까?"

"만일 현무단이 투입된다면 어느 정도 희생해야 위즈의 목을 가질 수 있을까?"

"계획만 잘 짠다면 몇 명의 희생만으로도 가질 수도 있지만 만일 그가 섬에서처럼 움직인다면……."

뒷말을 차마 할 수가 없었다. 그는 섬에 대해 조사할 때 녹화된 영상을 봤었다.

그때, 위즈의 움직임은 섬 곳곳에 설치되어 있던 카메라들이 제대로 잡지도 못했다.

상대를 죽이는 장면은 검은 그림자가 상대를 덮치고 10초가 되지 않아 해체되는 모습이었는데 보는 동안 전율이 일었다.

'죽였다'는 사실을 카메라에 보여주기 위해 10초가 걸린 것이지 실제론 1초가 되지 않아 상대는 죽었을 것이다.

"움직인다면 전멸이란 말인가?"

"네."

"계획을 잘 짠다는 건 뭐지?"

"그의 약점이 될 사람을 인질로 잡는 거죠."

"위즈인데 그게 가능할까?"

"평범한 인간을 괴물들이 있는 섬에 놔두면 괴물이 되듯 괴물을 인간들이 있는 도시에 놔두면 인간이 되지 않겠습니까?"

"가능한 얘기지. 하지만 시간이 없어. 당장 중화회 회주에게 전화를 걸어 우리가 놈을 잡기 위해 애쓰는 모습을 보여야 하거든."

조단성은 순간 좋은 생각이 떠올랐다.

"단주님. 혹시 A급 섬의 파괴자에 대해 아십니까?"

남궁린은 조단성의 말에 얼마 전 올라온 A급 섬에 대한 서류가 기억이 났다.

50명이 있던 섬이 단 6개월 만에 혼자만 남게 되었다는 것인데, 남은 자는 이미 그전에 있던 섬도 3년 만에 섬에 혼자 남게 된 전적이 있는 골칫덩이라는 내용이었다.

"위즈를 잡자고 또 다른 자를 풀어주자는 말인가?"

"그자는 특이한 자입니다. 이름은 리봉구, 올해 25살로 북조선 출신입니다. 다른 이들이 대부분 납치로 왔지만 그는 북조선의 외화벌이를 위해 파견된 자입니다."

"파견이라니 그런 경우도 있나?"

"장로님과 친하던 북조선 장성의 부탁으로 들어왔는데 지금은 그자가 숙청당하는 바람에 이도저도 아닌 상태입니다."

"음……."

"지금은 단지 전투에 미쳐 사는 미치광인데 위즈에 대해 설명하면 나설지도 모릅니다."

"이전까지 들어본 적이 없는 인물인데 가능할까?"

"5살 때부터 살인기계로 키워졌고, 두 번이나 A급 섬을 없앴던 자입니다. 그리고 그자의 특징이 이기지 못할 상대는 피합니다."

"피하면 소용이 없잖아?"

"하지만 죽일 때까지 상대를 놓지 않습니다."

"그 말은……?"

"맞습니다. 질 것 같으면 피했다가 다시 붙습니다. 그보다 실력이 좋다는 A급의 괴물들도 그에게 다 당했습니다."

남궁린은 조단성의 말을 들으며 환하게 웃는다. 천외천의 최고 미남이라는 그의 웃음에 남자인 조단성도 잠시 숨이 막힌다.

"좋아. 그렇게 하지. 그를 보내는 건 자네에게 맡기겠네."

"알겠습니다. 그럼 지금 실행하겠습니다."

"조단성 부단장에게 수고비를 넉넉히 줘. 그리고 능 비서는 잠시 들어오고."

나가던 조단성은 수고비를 지급하라는 말을 듣고 씨익 웃곤 돌아서 다시 한 번 인사를 했다.

수고비란 남궁린이 기분이 좋을 때 주는 일종의 공돈이었다.

조단성이 나가고 능려안이 들어왔다.

능려안은 중국인답지 않은 서구적인 몸매를 지니고 있었고, 얼굴은 색기가 줄줄 흐르는 요녀였다.

능려안은 남궁린에게 한 발씩 다가설 때마다 셔츠의 단추를 하나씩 풀었다.

그리고 소파에 있는 남궁린의 무릎 위로 올라간다.

남궁린의 사무실은 금세 신음 소리와 함께 후끈 달아오르기 시작했다.

인도네시아 어느 무인도 위로 군사용 헬기가 내려앉는다.

그리고 그곳에서 완전무장한 병사 8명과 조단성이 내린다.

그들이 향하는 방향에는 지저분한 옷으로 만든 듯한 해먹에 한 사내가 누워서 이상한 노래를 흥얼거리고 있다.

"리봉구!"

한 병사의 외침에 흥얼거림이 멈추더니 살기가득한 음성이 리봉구에게서 나온다.

"봉구라고 부르지 마라. 죽는다. 내 이름은 리강민이야."

그리고 언제 그랬냐는 듯 다시 흥얼거린다.

"리봉구! 너랑 얘기할 분이 오셨다. 두 손 들고……."

병사는 더 이상 말을 잇지 못했다.

어느새 병사의 목에는 리봉구가 든 단검이 닿아 있었다.

다른 병사들이 화들짝 놀라며 총구를 돌리려는 찰나 조단성이 나섰다.

"리강민 씨에게 실례를 범하지 마라! 그래봐야 너희들만 손해야."

조단성의 말에 병사들은 총구는 치우지 않고 슬며시 뒤로 빠졌다.

"리강민 씨, 모르고 한 짓이니 용서하세요. 두 번 다시 그 이름을 부르는 사람은 없을 겁니다."

"대화 상대로 왔다니 용서를 하지. 네놈 얼굴 기억했으니

다음엔 용서 없다. 오케이?"

"…네네!"

"헤헤. 이제야 다른 섬으로 갈 수 있는 거요?"

방금까지 해변을 뒤덮던 살기가 씻은 듯이 사라지고 리봉구 금세 헤헤거리는 얼굴로 바뀐다.

긴장한 병사들과 달리 리봉구를 세 번째 보는 조단성은 웃으며 그에게 얘기를 하기 시작했다.

"벌써 두 개의 섬을 초토화 시켰는데 우리로서는 리강민씨를 다른 섬으로 보낼 수가 없습니다."

"으아~ 이걸 어떻게 해. 여기서도 버림받게 되는 거요? 이러면 곤란한데, 곤란해. S급 섬으로 갈까? 에이 S급은 아직 내키지 않는데……."

조단성의 말에 리봉구는 불안한 듯 주변을 돌며 횡설수설한다.

"방법이 있습니다. 그래서 이곳에 왔습니다."

"그게 뭐요?"

돌파구가 있다는 말에 죽다 살아난 사람처럼 기쁜 표정을 짓는 리봉구다.

"S급 섬에 가기 전에 S급 섬에서 탈출한 한 사람의 목을 취해줬으면 합니다."

"에이~ S급 섬을 탈출할 정도면 S급에서도 최상급인데…별로 내키지 않구려."

"그렇습니까? 겁난다니 어쩔 수 없군요. 다른 사람을 구해
야겠습니다. 리강민 씨는 이제부터 자유입니다."

조단성은 리봉구의 성격을 완전히 파악하고 있었다.

"겁내다니? 누가? 내가? 별로 내키지 않는다고 했지 겁난
다고 한 적은 없소!"

발끈하는 리봉구가 다시 살기를 뿜었지만 조단성은 그러
려니 하고 말했다.

"일단 도시 쪽에 내려드릴 테니 헬기나 탑시다."

"안 돼! 도시에 가면 심심하단 말이오. 강한 자들이 없는
곳이 내겐 지옥이오. 그러니 A급 섬으로 한 번만 더 보내주
소. 정말 싸울 때만 딱 한 명씩 죽이겠소. 절대, 절대 두 명은
안 죽이겠소."

"미안합니다, 리강민 씨. 우리로서는 더 이상 당신을 감당
하기 힘듭니다."

"그럼, 이 섬에선 아무도 못 나가!"

어느새 다시 단검을 잡고 있는 리봉구는 모두를 죽이겠다
는 표정이었고, 병사들은 일제히 긴장해 방아쇠에 손가락을
넣는다.

하지만 조단성은 아무렇지도 않은 듯 헬기 쪽으로 천천히
걸어간다.

"에이! 알았소. 상대에 대해 얘기나 들어봅시다."

결국 손을 든 쪽은 리봉구였다.

회심의 미소를 짓던 조단성은 웃음을 지우고 뒤돌아서 다시 리봉구에게 말을 했다.

"상대는 22살의 한국인 박무찬입니다."

"22살? 그 꼬맹이가 S급에 있었다면 엄마 뱃속부터 칼을 든 거요?"

"섬이 설비가 파괴되어 갔더니 6명이 탈출했습니다. 4년간 S급 섬에 있던 박무찬은 그때 도망쳤습니다."

"뭐야, 그럼 운이 좋은 놈인가? 그래도 4년간 S급 섬에 있었다면 실력은 있다는 소리겠지."

상대할 만하겠다 싶은지 굳어 있던 리봉구의 얼굴은 서서히 펴지며 습관적으로 혼잣말을 중얼거린다.

조단성은 일부러 위즈의 모든 것을 말하지 않았다.

리봉구는 시작은 겁내하지만 일단 맞붙기 시작하면 실력에 상관없이 끝까지 쫓는 것이 특징이었기에 그걸 노린 것이다.

"자세한 정보는 우리가 조사하고 있으니 며칠이면 놈에 대해 다 알 수 있을 겁니다. 그리고 10만 달러의 의뢰비를 주고, 성공할 경우 다시 10만 달러를 드립니다."

"유후! 이거 즐기면서 돈 번다는 게 이런 거였군. 좋소, 내 하겠소. 대신 이번 일이 끝나면 S급으로 갈 테니 보내주쇼."

"물론, 약속드립니다."

리봉구와 조단성은 웃으며 악수를 했다.

서로 다른 의미의 웃음을 짓던 둘은 사이좋게 헬기로 올랐
다.

이렇게 리봉구는 한국으로 향한다.

5장

지켜야 하는 이들

신수호는 사촌 형인 신세호의 결혼식에 참석했다.

그러나 그의 기분은 썩 좋지 않았다.

오늘 은근히 친척들에게 애인인 이다혜를 소개하고 싶었다.

그리고 소개를 하면서 친척들의 부추김으로 약혼이라도 하길 바랐다. 부모님에게도 미리 말해뒀기에 잘 될 거라 생각했었다.

하지만 이다혜는 아직까지는 부담스럽다는 말로 같이 동행하는 걸 거절했다.

그녀의 거절에 신수호는 박무찬에게 빼앗길지 모른다는

조급함까지 더해져 이다혜에게 싫은 소리를 한마디 던졌다.

그런데 자신의 말을 들은 그날 그녀의 표정이 결혼식 내내 마음에 걸린다.

피해야 할 말이었다.

말은 하자마자 '아차' 싶었지만 말을 주워 담을 수 없었다.

"아직 박무찬 그 자식이 마음속에 있는 거 아냐? 그래서 떠날 생각을 하고 나와는 결혼식에 참석할 수 없다는 거 아니냐고!"

그러나 실수는 분명했지만 완전히 틀린 말은 아니라고 신수호는 생각했다.

놈이 나타나기 전과 후의 이다혜는 달랐다. 놈이 나타나자 마치 쇼윈도 부부들이 보여주는 코스프레처럼 다정하고 행복한 듯 굴었다.

변화를 내심 반겼지만 그것이 박무찬 때문이라고 생각하자 오히려 전보다도 무시당하는 것 같았다. 이다혜가 다정하면 다정할수록 점점 기분이 나빠지는 묘한 상황이 된 것이다.

"젊은 놈이 왜 이리 기운이 없어?"

"아! 형님, 형수님. 결혼 축하드려요."

호텔 앞에서 신혼여행을 가려는 신랑, 신부를 만났다.

"그래, 고맙다. 근데 고민이 있는 얼굴이다?"

"전 먼저 차에 가 있을게요."

결혼식 내내 별로 웃지 않던 신부는 신랑을 버려두고 웨딩
카 쪽으로 횡하니 가버린다. 집안끼리 결혼하다 보면 워낙 흔
한 일이라 신수호도, 신세호도 신경 쓰지 않았다.

신수호는 신세호의 물음에 잠시 고민을 했다.

정찬구가 갑자기 자살을 하면서 박무찬을 처리해줄 사람
이 필요했다.

하지만 이제 대학생에 불과한 그에게 정찬구 말고 어둠의
세계에 인연이 있는 이는 없었다.

그러나 신세호는 예전부터 한량으로 지낸 인물이었기에
혹시나 하고 입을 열었다.

"눈에 거치적거리는 놈이 있어서요."

"그런 놈들이야 이거로 처리하면 되잖아?"

신세호는 별일 아니라는 듯 주먹을 들어 보인다.

"그렇긴 한데 제가 아는 사람이 있어야죠."

"자식. 내가 소개시켜주마. 핸드폰 줘봐."

신수호가 스마트폰을 건네자 번호를 찍고는 다시 준다.

"겁주는 건 1~2천으로 충분하고, 혹시나 아예 처리하고
싶으면 1억쯤 달라고 할 거다. 내가 소개했다고 하면 더 잘해
줄 테니 연락해 봐라. 그럼 난 까칠한 마누라와 신혼여행 간
다. 다음에 보자."

"잘 다녀오세요, 형님."

어깨를 툭 치며 가는 신세호에게 신수호는 작별인사를

했다.

하루 종일 나빴던 기분이 전화번호를 받고 나자 왠지 조금 나아지는 것 같았다.

"박무찬, 이번엔 못 벗어날 거다."

전화번호를 보며 음산하게 말한 신수호는 자신의 차에 올라타 액셀을 밟았다.

쿵!

호텔을 벗어나 좌회전 신호를 받고 좌회전이 끝나는 순간 맞은편에서 우회전하는 차가 뒤쪽 범퍼를 박는다.

"씨발! 누가 운전을 이따구로 하는 거야!"

평소에는 온순한 신수호지만 이상하게도 운전을 하다 보면 욕을 하게 되는 그였다.

안 그래도 기분이 좋지 않은 상태였기에 백미러로 상대 차를 본 그는 '잘 걸렸다'는 생각이 들었다.

뒤에는 미니 쿠X라는 외산 소형 자동차였다. 또한 운전자는 얼핏 보기에도 여자로 보였다.

스트레스라도 풀 겸 문을 벌컥 연 신수호는 고함을 치며 여전히 차에 앉아 있는 여자에게로 다가갔다.

"좌회전 하는데 그렇게 무턱대고 차를… 조심히 운전하셔야죠."

운전석 다가가던 그는 운전자가 미모의 아가씨임을 알게 되자 금세 태도를 바꿨다.

특히 낮은 차체 때문에 가슴이 패인 민소매 티를 입은 여성의 가슴이 반쯤 보였고, 짧은 미니스커트를 입고 있어 늘씬한 다리에 자연스레 눈이 간다.

"죄, 죄송해요. 운전이 아직 서툴러서……."

잠시 자신의 주책을 스스로 책망한 신수호는 잘잘못을 따지기 시작했다.

"그 상태에선 속도를 늦추서야죠. 갑자기 튀어나오면 저도 방어운전을 할 수가 없잖아요."

"브레이크를 밟는다는 것이 그만 액셀을 밟는 바람에……. 죄송해요. 제 잘못이니 제가 책임을 질게요."

"그건 당연한 겁니다. 그리고 잘못을 하셨을 땐 밖으로 나와서 상대방이 다치지 않았나 물어보고 사과를 하는 게 예의가 아닐까요?"

"너무 당황해서 그만 실례를 범했네요. 어디 다친 곳은 없으세요?"

밖으로 나온 여자는 선글라스를 벗고 정중히 사과한다.

"어? 나유라 씨?"

미니 쿠X를 탄 여성은 요즘 뜨는 드라마에서 조연으로 출연 중인 나유라였다.

하지만 신수호가 드라마의 광팬이라 조연으로 나온 나유라를 기억하는 건 아니었다.

나유라는 정찬구가 미네르바 호텔에서 자신에게 붙여준

원나잇 파트너였다.

"저를 아세요?"

"저 그러니까, 그게……."

대답하기 참 애매모호한 상황이었다.

그런 그를 살려준 건 의외로 빵빵거리는 차들이었다. 돌아보니 엄청난 교통체증이 일어나고 있었다.

"일단 차를 빼고 얘기를 해야겠네요."

"네. 그러세요."

신수호와 나유라는 차를 한쪽으로 치우고 다시 얘기를 시작했다.

한데 나유라는 자동차 사고에 대해 아무것도 몰랐다. 그래서 신수호는 보험사에 연락해 처리하면 된다고 친절히 설명을 해야 했다.

"오늘 너무 고마워요. 사고 난 사람이 수호 씨라 다행이에요."

"어떻게 제 이름을?"

"에이~ 알잖아요. 제가 그곳에서 일했다는 거는 비밀로 해주세요."

가볍게 애교를 부리며 귓속말로 속삭이는 나유라를 보며 그는 미네르바 호텔이 선명하게 기억나 얼굴을 붉힌다.

"이건 제 전화번호예요. 아직은 신인이라 바쁘지 않으니 연락주세요. 오늘 일에 대한 감사를 하고 싶어요."

"네……."

신수호는 쉴 새 없이 쿵쾅거리는 심장을 억누르느라 힘이 들 정도였다.

이다혜가 아름다운 러브 스토리라면 나유라는 뜨거운 에로물처럼 느껴졌다.

'안 돼! 이게 무슨 짓이지? 나에게 다혜가 있어!'

다시 한 번 자신을 추스르려고 했지만 팔짱을 끼며 얘기를 하는 나유라의 목소리에 와르르 무너진다.

"꼭 연락해요~"

신수호는 팔꿈치로 느껴지는 가슴의 촉감에 머리끝이 바짝 서는 느낌이 든다.

그래서일까? 차를 타는 모습부터 떠날 때까지 그는 단 한 번도 눈을 떼지 못했다.

그리고 눈앞에서 완전히 사라지자 그녀가 건넨 명함을 본다.

감성을 자극하는 나유라가 사라지자 이성이 다시 빠르게 자리 잡는다.

이다혜의 목소리가 듣고 싶었다.

통화음이 세 번쯤 갔을 때 전화를 받는다.

"다혜야, 나 수호."

—…응.

그날 이다혜에게 했던 말에 상처를 입은 게 분명해 보였다.

그래서 신수호는 나유라에게 품었던 더러운 마음까지 합쳐 사과를 했다.

"그날 내가 심한 말을 했어. 미안하다. 두 번 다시 그런 얘기는 꺼내지 않을게."

—아니, 내가 미안. 다음에 다른 사람 결혼식이 있으면… 꺄악! 한경수, 너 뭐하는 거야? 지금 통화 중이잖아. 알았어, 들어갈게. 미안.

"한경수랑 같이 있는 거야?"

신수호는 한경수가 딱히 마음에 드는 건 아니었다.

하지만 은근히 자신과 다혜가 잘 되길 바라며 꽤 노력했던 녀석이라 다혜가 한경수와 만나는 건 신경 쓰지 않았다.

"응……."

하지만 신수호는 대답을 하는 이다혜의 목소리가 이상함을 느꼈다.

설마 하는 생각에 말을 하려는 순간 수화기 멀리서 한경수의 목소리가 들렸다.

—이다혜! 빨리 와. 무찬이 녀석이 술 취해서 너 어디 갔냐고 난리다. 나 혼자서는 도저히 감당이 안 돼.

결혼식에 함께 오기 싫다던 이다혜가 박무찬과 함께 있다는 얘기에 분노가 치밀어 올라 손이 부들거렸다.

—수호야, 내가 좀 있다 전화할게.

"…그래."

전화가 끊겼음에도 신수호는 멍하니 선 채 몸을 떨고 있다.

이다혜가 박무찬과 함께 있을 수도 있다. 그들은 고교 동창이었고, 예전에 사귀던 사이이니까.

한데 그걸 숨기려 했다는 사실이 신수호를 분노케 만들었다.

신수호는 스마트폰을 호주머니에 넣었다.

그리고 왼손에 들고 있던 나유라의 명함도 망설임 없이 넣었다.

그리고 차에 올라 시동을 걸었다.

그의 기분을 말해주듯 차는 시끄러운 굉음을 내며 빠르게 도로를 달렸다.

*　　　*　　　*

수련은 거의 하루도 빼놓지 않고 계속 하다 보니 기억의 소멸에 대해서도 어느 정도 데이터가 나오기 시작했다.

MT를 다녀온 후, 처음 일어난 기억의 소멸은 3시간. 그리고 며칠 뒤, 3시간 1분 정도의 기억이 나지 않았다. 한데, 서미혜와 음양교합법을 행한 후, 다음날 일어난 기억의 소멸은 3시간 10분이 넘었다.

걷기 수련을 하면서 항상 내부를 관조했기에 그 변화의 원인은 쉽게 알 수 있었고 두 가지 가설을 만들 수 있었다.

하나는 내공 총량의 증가에 따라 기억의 소멸 시간 또한 늘어난다는 것이다.

그리고 다른 하나는 걷기 수련을 수십 시간 하는 것보다 단한 번의 음양교합법이 더 큰 내공 증진을 시켜준다는 거였다.

가설을 만들었다면 실험은 필수.

일단 걷기 수련을 꾸준히 하면서 시간을 항시 체크했다.

그리고 기억의 소멸이 일어나길 기다렸다.

30시간 만에 일어난 기억의 소멸 시간은 3시간 13분이었고, 대략 10시간 수련에 1분씩 늘어난다는 걸 알게 되었다.

다음으로 하루와 음양교합법을 행한 후 바로 걷기 수련을 했는데 20시간 수련했을 때 다시 일어났고 그 시간은 3시간 25분이었다.

즉, 음양교합법은 100시간의 걷기 수련과 동일한 내공 증진의 효과가 있다는 결론이 나왔다.

물론, 정확한 것은 아니었다.

걷는 시간의 측정이 정확하지 않았고, 내공이 정확하게 얼마나 늘었는지도 대략 느낌에 의존했을 뿐이다.

하지만 분명한 건 음양교합법이 내공 증진에 탁월하다는 것이다.

그러다보니 여자를 볼 때마다 내공을 증진시켜주는 보약으로 보이거나 수련 대상으로만 보이는 부작용을 얻었다.

현재 내가 믿을 상대는 하루뿐인데 다시 한 번 어떠냐고 운을 띄웠다가 '짐승 같은 놈' 이라는 폭언을 들어야 했다.

"…찬, 박무찬, 박무찬!"

"얘가 왜 이리 고함을 질러? 귀 안 먹었거든."

"정신을 어디에 두고 있는 거야? 아까부터 불렀잖아."

"해윤아, 우리 수련 한판 할까?"

"뭔 수련? 주식 모의 투자 말이야?"

"아니다. 내가 미쳤지. 부작용이 있을지도 모르는데. 쩝!"

"자꾸 알아듣지도 못할 말 할래? 그건 그렇고 언제 대답해 줄 거야? 생각할 시간을 충분히 줬잖아. 숙녀를 기다리게 하는 건 예의가 아닌 거 알지? 어서 말해."

"……?"

이게 뭔 귀신 씨나락 까먹는 소리야?

노찬성 회장을 만나고 난 뒤 노해윤은 날 피하는 눈치였다.

다행히 얘기가 잘 통했나 싶어 기쁘기도 했지만 반대로 말만 걸어도 얼버무리며 도망가는 해윤을 보고 있자니 마음이 안쓰럽기도 했다.

하지만 해윤이 없는 대학 생활은 자유였다.

조용히 카페에서 커피 한 잔의 여유를 즐길 수 있었고, 나에게 관심 있어 다가오는 여학생도 간혹이지만 있었다.

그렇게 편한 날을 보내고 있는 사람에게 알아듣지 못할 말을 한다.

"치사한 녀석! 그 얘기를 꼭 여자인 내게 듣고 싶니? 아빠가 여자가 조급해하면 남자가 우습게 안다고 해서 지금까지 참았는데…….”

“해윤아, 이쪽으로 와서 얘기하자.”

작지 않은 눈에 물기가 차오르는 걸 보니 금세 울 것 같다. 카페에 있는 이들의 시선을 피해 멀찍이 자리를 옮겼다.

여자의 눈물이 무섭진 않지만 여자를 울렸다는 소문은 무서웠다.

“노찬성 회장님, 즉 너희 아빠께서 네게 무슨 말을 한 것 같은데 그게 뭔지 알 수 있을까?”

질문과 함께 노해윤의 눈에선 눈물이 뚝뚝 떨어진다. 난 내 생각이 틀렸음을 알 수 있었다.

최근 화장도 해서 얼핏 보면 성숙해 보이긴 하지만 자세히 보면 여전히 어린아이 같은 해윤이 우니 마치 내가 죽일 놈이 된 것 같다.

“나쁜 놈아, 치사하고 더러워서 내가 먼저 말한다. 사귀자!”

…이 망할 노찬성!

난 분명히 싫다고 말했는데 반대로 말한 게 틀림없었다.

“미안해, 해윤아.”

“…….”

화난 얼굴은 금세 일그러진다.

울음소리를 막느라 올린 손이 파르르 떨리고 있었고 폭포

126 복수의 길

수처럼 눈에서 눈물이 흘러넘친다.

아팠다.

두 번 다시 못 만날 것 같은 생각이 들었다.

성급함을 탓하며 난 그녀를 달랬다.

"진정해, 진정해. 무슨 낮잠을 이렇게 오래 자니? 피곤하다고? 그럼 조금만 더 자고 일어나자, 알았지?"

난 노해윤을 토닥이며 최면을 걸어 재웠다.

역시나 노해윤은 최면에 취약했다.

그리고 서서 자고 있는 그녀의 스마트폰을 꺼내 노찬성의 번호를 알아낸다.

전화를 걸었다. 모르는 번호라 받지 않을 줄 알았는데 의외로 받는다.

─무찬 군이 웬일인가?

말을 하지 않았는데도 나라는 걸 알았다. 내 전화번호를 알고 있는 게 분명했다.

"안녕하셨어요, 회장님. 여쭈고 싶은 말이 있어 실례를 무릅쓰고 전화를 드렸어요."

─급한 일인 것 같으니 들어보지.

"따님인 무슨 말을 하신 겁니까? 해윤이 제가 사귀자고 말하는 걸 기다리고 있던데 어찌 될 일이죠?"

─그 문젠가? 있는 그대로 얘기했네.

"예? 있는 그대로 얘기하셨다고요?"

'그럴 리가 없다' 라고 말하고 싶었지만 끝까지 듣기로 했다.

—그래. 어떻게 되었냐고 묻는 해윤의 말에 그저 조만간 남자인 자네가 말해줄 테니 기다리라고 했네.

"그 말씀이 다였나요?"

—그랬지. 다만 사랑하는 딸아이에게 하는 말이었으니 웃으면서 말해줬네.

노해윤의 오해였다. 하지만 그 오해를 만든 건 노찬성 회장이다.

뭐라고 한마디 해줄까 했지만 말해봐야 다시 반격 받을 게 분명했다.

이건 정진전자와 우성정보의 M&A에 대해 알게 된 나에 대한 보복이었다.

얼마 전, 그 소식이 전해지면서 엄청난 돈을 벌었지만 이렇게 뒤통수를 맞을지는 몰랐다.

—애비로서 한마디 하자면 너무 울리진 말게. 좋은 대답을 긴 시간 기다린 만큼 아픔도 그만큼 크겠지. 그리고 첫 실연이라 더 아플 거야.

"어떤 분 덕분이죠."

난 화를 숨기지 않고 표현했다.

—여물지 않은 사랑보다 아픈 실연이 먼저지만 해윤인 잘 견디리라 생각하네.

"저녁에 회장님이 잘 다독여 주시면 금방 좋아질 겁니다."

―해윤이에게 내 말도 전해주게. 한 일주일 일 때문에 못 들어간다고 말일세. 이만 회의를 해야 하니 다음에 통화하세.

…벼락 맞을 영감탱이 같으니라고.

속으로 실컷 욕을 하며 잠들어 있는 노해윤을 본다. 살짝 벌어진 입술 사이로 침이 쭈욱 흘러나온다.

방금 전 생각이 깨워야 함에도 망설이게 된다.

"이제 깰 때가 됐네. 10분 전에 날 찾고 있었지? 깨어나면 이곳에서 날 만나게 되는 거야. 자! 그럼 일어나자."

번쩍 눈을 뜬 해윤은 날 보며 말한다.

"여기 있었어? 얼마나 찾으러 다녔는데."

"그랬어? 생각 좀 하느라고."

"그랬구나. 이제 생각 많이 했으면 얘기해줘야 하는 거 아냐? 숙녀를 기다리게 하는 건 예의가 아닌 거 알지?"

날 만났을 때 하려고 생각해둔 말인지 아까와 비슷한 말을 한다.

"해윤아, 우리는……"

초롱초롱 빛나는 눈빛이 내 심장에 푹푹 박힌다. 그리고 생각해둔 말을 뱉었다.

"사귈까?"

'사귈 수 없어.' 라고 말하려 했는데 해윤을 바라보며 이성이 감성에게 먹혀버렸는지 엉뚱한 말이 튀어나온다.

"응! …응! 사귈래."

대답을 하는 해윤은 아까처럼 눈물을 뚝뚝 흘린다.

하지만 아까완 달리 웃는 얼굴이었고, 그리 무서워 보이진
않았다.

"울지 마. 마치 헤어지자는 말을 들은 사람 같잖아."

"응. 근데 조금 전에 그런 말을 들은 것 같기도 해. 하지만
그게 그저 망상이라는 사실이 기뻐서… 이렇게 눈물이 나
네."

"그렇구나. 사귄다고 해줘서 고마워."

이미 결정한 일을 최면으로 돌릴 수도 있었다. 하지만 해윤
의 일그러진 얼굴은 보기 싫었다.

그리고 이미 내 가슴 한쪽에 해윤이 들어 있었음을 알았다.

울음을 그친 해윤은 입이 평소보다 두 배나 커진 채, 경영
대학에 소문을 내러 갔고 잠시 후, 벼락 맞을 영감탱이에게
전화가 왔다.

─왜 생각을 바꾼 거지?

"따님이 실연당해 우는 모습을 보면 저처럼 했을 거예요."

─후후! 마치 본 사람처럼 얘기하는군.

봤다. 아마 얼음 마황도 그 얼굴에는 어쩔 수 없었을 것이
다.

"언젠가 회장님도 보실 수 있을 겁니다."

─무슨 말인지 이해가 되지 않지만 어쨌든 조심히 다뤄주

면 좋겠네. 어둠에 적당히 물드는 건 괜찮지만 너무 짙게 들면 아비로서 간섭하고 싶어질 테니까.

"크리스털 잔처럼 조심히 다루겠습니다."

─참! 거래를 하게 돼서 기쁘네.

"회의 중이라고 하시지 않으셨습니까?"

─생각해 보니 그렇군. 그럼 끊네.

뭔 말을 하고 싶었던 모양인데 결국 아무 말 없이 끊는다.

"천만에요. 저도 기쁘답니다."

끊어진 전화기에 답을 하고 하늘을 본다.

6월임에도 불구하고 여름이라도 된 듯 내려쬐는 태양이 섬의 그것을 생각나게 만들어 그늘로 숨어든다.

* * *

학교를 나서면서부터 따라붙는 눈길이 느껴진다. 은밀하게 뒤따르는 승합차에는 다섯 명의 사내가 타고 있었다.

백미러로 보이는 놈들의 얼굴을 보니 감시와는 다른 목적이 있어 보인다.

CCTV가 많은 집골목까지 바싹 뒤쫓는 것이 아무래도 차에서 내릴 때를 노릴 모양인데 옆에 있는 우니가 놀랄까 걱정스럽다.

하지만 다행히도 평소 귀찮기만 하던 김철수 형사와 양동휘 형사가 집 앞에 와 있었고 승합차는 아무 일 없다는 듯 우리를 지나 위로 올라간다.

"무찬, 우니 학생 잘 지냈지?"

한 번 봤다고 반말이다. 뭐, 딱히 기분 나쁠 것은 없었기에 넘어가기로 한다.

"네. 한데 두 분이 웬일이세요?"

"무찬 학생에게 할 말이 있어 왔어."

"저만요?"

난 걱정스런 표정을 짓고 있는 우니에게 안심을 시키곤 들여보냈다.

"말씀하세요."

"…경찰에 출두해서 몇 가지 묻고 싶은 게 있는데……."

잠깐 망설이던 김 형사는 조심스럽게 나에게 말했고, 변명하듯이 뒷말을 잇는다.

"강제적인 건 아니야. 하지만 학생이 결백하다면 혐의를 벗기에는 좋은 기회가 될 거야. 원한다면 변호사를 대동해도 좋아."

"그러죠."

남양주 라이브 빌딩 사건은 외부적으로는 부주의에 의한 가스 폭발 사고로 처리되었다.

물론 특별 수사본부에서는 중국인 살인 사건의 연관된 사건으로 보고 계속 수사를 진행 중이다.

한데 문제는 더 이상 사고가 일어나지 않는다는 것에 있었다.

경찰, 검찰에서는 범인이 라이브 빌딩 폭발 사건 때 죽었을 가능성이 높다는 얘기가 흘러나왔고, 사건이 일어나지 않자 점점 그 의견이 힘을 얻고 있었다.

본부를 책임지고 있는 문정배 검사는 범인이 죽지 않았다고 말했다.

하지만 이미 힘을 얻기 시작한 범인 사망설과 똑똑한 문정배를 해결되지 않는 사건에 계속 놔두길 바라지 않는 검찰 상층부의 생각 때문에 특별 수사본부는 해체될 위기에 처한 것이다.

사채업자 살인 사건도 마찬가지였다. 유력한 용의자는 나를 포함해 총 4명.

김철수 형사의 의견을 받아들인 문정배 검사가 나를 집중적으로 조사할 것을 명했지만 나온 건 전혀 없었다.

그래서 수사는 나머지 3명에게 집중되었는데 그들이 유력한 용의자가 된 건 사건 얼마 전에 실종된 인물들이라는 점 때문이었다.

이런 상태에서 혐의가 없어진 나를 굳이 본부에 부른 이유는 문정배 검사와 김철수 형사의 마지막 발악이었다.

난 그들의 마지막 발악에 종지부를 찍을 테고 특별 수사본부는 해체될 것이다.

"위치를 말해주세요."

"응?"

"내일 오후 3시쯤 방문 드릴게요."

"그, 그래 주겠나?"

너무 순순히 응하자 오히려 김철수가 당황한 얼굴이 된다.

"꺼릴 게 없으니까요. 그럼 내일 뵙죠. 조심히 들어가세요."

특별 수사본부 주소를 받고 난 집으로 들어갔다.

"뭐래?"

"내일 경찰서로 잠깐 나오래. 진술이 필요한 가봐."

가정부 아주머니가 만들어둔 저녁을 데우던 우니가 걱정스런 얼굴로 묻는다. 하지만 난 아무 일도 아니라는 듯 웃으며 말했다.

"오빠……."

"응?"

"오빠가 한 거 아니지?"

"내가 무슨 수로 그런 일을 하겠어? 난 덩치 큰 사람만 봐도 겁나는 사람이야."

뭔가 눈치를 챈 건가?

아니라는 말에 안심했다는 듯 웃는 우니를 보며 잠깐 생각에 빠진다.

저녁을 먹고 운동을 한다며 밖으로 나왔다.

나를 감시할 목적이거나 혼자 있을 때 접근해 온 이들이라면 그냥 넘어갈 수 있지만 아까 분명 우니와 함께 있을 때 놈들은 일을 저지르려 했다.

골목 위에 승합차가 주차되어 있었기에 난 아래로 조깅을 하듯 뛰었다.

CCTV가 없는 지점에서 난 천천히 걸었고, 뒤쫓아 오던 승합차는 내 옆을 지나가며 차를 세운다.

드르륵! 보조석 문과 옆문이 동시에 열리며 세 사람이 나를 덮쳐온다.

헝겊으로 내 코와 입을 막는 순간 호흡을 멈췄고, 반항하듯 몇 번 꿈틀거리다 기절한 척 연기를 했다.

"됐다. 빨리 가!"

승합차 안쪽에 구겨진 채 버려진 난 덩치들이 하는 얘기를 들었다.

"축 늘어지긴 했는데 묶을까요?"

"그래라. 미친놈이라 깨어나면 귀찮으니까."

어라? 아주 귀에 익숙한 목소리다.

신세호가 나에게 보냈던 그 깡패 놈들이다.

인연이 질기다더니 틀린 말이 아니었다.

테이프로 손과 팔 심지어 입까지 꽁꽁 묶인 채 차는 빠르게 움직였다.

"헤헤! 형님, 근데 이놈 인생 참 기구하네요."

"왜?"

"지난번에는 여자를 만났다고 두들겨 맞고, 이번엔 묻히게 되었으니 기구하지 않습니까."

"하하하! 그러네."

웃음이 넘치는 차는 1시간가량 달려 불빛 없는 어두운 곳에 도착을 했다.

"조심히 들고 와라."

두 명에게 대충 들려 산길을 오르는 듯하더니 갑자기 몸이 붕 떠 바닥에 떨어졌다.

'윽! 이런 쌍놈의 새끼들. 하필이면 돌 있는 곳에 던지다니.'

옆구리가 욱신거린다.

하지만 그건 시작에 불과했다.

묻을 땅을 파는지 삽질하는 소리가 들렸는데 연신 흙이 몸과 얼굴에 쏟아진다.

흙을 다 파낼 때까지 기다리다 일어날 생각이었는데 아무래도 지금 일어나야 할 모양이다.

"새끼들아, 녹화해야 하는데 흙을 얼굴에 뿌리면 어떻게 하자는 거야!"

"죄송합니다, 형님."

다행히도 더 이상 흙은 날아오지 않았고, 난 실눈을 뜨고 묻힐 곳이 다 파지도록 기다렸다.

"깨워라. 넌 잘 찍고."

날 엄청 두들겨 패던 놈의 명령에 시큼한 냄새가 나는 약품이 코 가까이로 다가온다.

난 내공을 돌리며 팔과 다리의 테이프를 끊었다.

"허억, 컥!"

약품을 코에 대는 놈의 명치에 주먹을 꽂았고, 그대로 몸을 띄워 막 구덩이에서 나오는 두 놈을 한방씩 걷어찼다.

"오랜만이네요."

입에 있던 테이프를 떼고 두목에게 빙긋 웃으며 말했다.

"이… 미친 새끼! 죽여 버린다. 죽여!"

아무리 멋지게 폼을 잡으며 얘기해 봐야 한 방씩 맞은 세 명은 일어나지도 못했다.

그리고 비디오카메라를 들고 있는 놈은 넋이 나간 표정으로 카메라만 잡고 있었다.

짝!

막 사시미 칼을 꺼내는 놈의 팔을 꽉 잡고 뺨을 후려쳤다.

고개가 획 돌아갔고 입 안이 터졌는지 피가 얼핏 보인다.

"이 쉬~키……!"

자존심이 상했는지 악귀 같은 얼굴이 된 놈은 칼 쥔 손을 움직이려 했다.

하지만 내가 쥔 손은 미동도 없다.

그제야 놈의 얼굴에 작은 공포가 생긴다.

짝! 짝! 짝! 짝!

"윽! 큭! 크아아~ 윽! 헉!"

눈에 보이지 않을 정도로 빠르게 싸대기를 날리자 뇌가 흔들렸는지 힘없이 바닥에 눕는다.

"으이익! 헉!"

비디오를 찍던 놈은 놀라 도망가려 했지만 뒷덜미를 잡고 옆구리의 급소를 때린 후 구덩이에 던졌다.

1분도 되지 않아 서 있는 사람은 나밖에 없었다.

"그날이랑 많이 다르죠? 그땐 그냥 맞고 싶었을 뿐이었으니까."

"사, 살려주게. 그날은 우리가 잘못했어."

눈치는 빨랐다.

다리가 풀려 일어나지 못했지만 험악한 얼굴답지 않게 불쌍한 표정을 지으며 용서를 빈다.

"그날은 잘못한 거 없어. 말했잖아? 맞고 싶었다고. 한데 오늘은 날 죽이려 했잖잖아. 죽이려다 실패하면 죽을 수도 있다는 간단한 이치를 아실 만한 분이 왜 그랬을까? 대신 고통스럽게 죽이진 않을게. 날 죽이라고 한 사람이 누구인지에 대해 말해준다면."

"아, 안 돼… 요. 살려 주세요!"

고문을 할까 하는데 다른 생각이 떠올랐다.

"살려주지. 대신 묻는 말에 대답이나 잘 해. 날 죽이라고 한 사람이 누구지?"

"모, 모릅니다. 다만 위에서 시킨 일이라……."

"지시한 자는 누구지?"

"…홍두 형님이 직접 지시했습니다."

"언제까지 일을 마치라고 했나?"

"일주일의 시간을 줬습니다."

홍두파라…….

이강철과 마찬가지로 의리라고는 개뿔도 없는 곳이었다. 놈의 입에선 문자마자 줄줄줄 나온다.

사실 누가 사주를 했는지 듣지 않아도 알 수 있었다. 그저 확인 차 물어본 것이다.

신수호.

정찬구가 죽은 후 그놈이 다시 발톱을 드러내고 있었다.

그놈이야 말려죽일 생각이니 그대로 둔다고 해도 홍두는 이대로 둘 수 없었다. 이놈들을 죽인다면 더 많은 놈들을 보낼 것이다.

이런 놈들이 수백 명이 와도 무섭지 않지만 언제까지고 내 손에 피를 묻힐 수는 없었다.

무엇보다도 지킬 사람이 늘었으니 앉아서 기다릴 수만도 없었다.

구덩이에 있는 놈들을 깨우고 다섯 명을 내 앞에 무릎 꿇게 만들었다.

"좋아! 묻는 말에 잘 답했으니 모두 살려주지. 대신 할 일이 있어."

"뭐든지 하겠습니다. 너희들도 그렇지?"

"네~!"

"그럼 내 눈을 보며 잘 들어. 지금부터 너희는……."

최면을 걸었다. 땅에 묻힐까 잔뜩 공포에 질려 있던 다섯은 최면에 빠져든다.

그리고 암시를 심고 기억을 조작했다.

이놈들은 나를 죽였다고 생각하고 보고를 하러 갈 것이다.

그리고 홍두를 만나게 되면 다시 최면 상태로 빠지며 내가 원하는 일을 하게 될 것이다.

날 죽이려 한 이들도 벌하고, 지시한 홍두도 벌할 수 있는 차도살인지계였다.

최면 상태로 날 다시 집까지 데려다 준 다섯은 날 묻었다고 생각하고 빠르게 골목을 벗어났다.

그리고 집으로 들어온 나는 진명환에게 전화를 걸었다.

ㅡ오~ 동생이 먼저 전화를 다하고, 웬일이야.

"혹시 세력 확장할 생각 있으세요?"

ㅡ물론이지!

"옆 동네에서 큰 변고가 있을 겁니다."

ㅡ옆 동네? 변고라니?

"전화상으로 자세히는 말 못하는 거 아시잖아요."

―…아하! 계속 얘기해.

진명환은 눈치가 빨랐다.

"큰 변고가 일어나면 꽤 혼란스러울 겁니다. 그때 그곳을 접수하면 될 듯하군요."

―큰 변고라도 그게 쉽게 가능할까?

"선수께서 그러 말하면 어떻게 해요?"

―크하하핫! 농담이다. 방법이야 많으니까 생각해 보면 되겠지.

"그럼, 고생하세요."

―그래, 끝나고 한 번 만나지. 지금 당장 애들 소집해야겠군.

내 얘기를 들은 진명환은 무척이나 기뻐했고, 조직원들을 소집한다며 급히 전화를 끊었다.

홍두파에는 피바람이 불 것이다.

6장

코뚜레

특별 수사본부라고 해서 수많은 첨단 장비가 즐비할 거라는 생각은 영화에서나 나오는 얘기였다.

내가 모르는 장비들이 구석구석 숨어 있을 수도 있지만 첫인상은 그저 넓은 공간에 책상을 놓고 컴퓨터 몇 대만 보이는 열악한 환경이었다.

나를 안으로 실내로 안내해 준 여 경찰은 김철수 형사에게 나를 안내한 후 나간다.

"어, 왔어? 잠깐 일하는 중이니 여기 앉아 있어."

바쁜 척하는 그가 권하는 의자에 앉자 내가 저질러 놓은 일들이 일목요연하게 정리된 벽이 보인다.

벽에 달린 카메라가 내 얼굴을 향하고 있었고, 김 형사가 흘낏거리는 걸 보니 수사본부에서 미리 계획한 시나리오인가 보다.

난 그들의 의도대로 사채업자 살인 사건부터 라이브 빌딩 폭파 사건까지 살펴봤다.

"사진이 무섭지 않나보네?"

일한다면서 내가 유심히 보자 은근히 말을 걸어온다.

"사진이 무서울 리가 있나요? 전 4년간 저보다 더한 장면을 수도 없이 봤으니까요."

"범인이 굉장하다고 생각하지 않아?"

"글쎄요? 살인범을 굉장하다고 생각할 만큼 비정상적이진 않아요. 다만 어떤 면에선 굉장하다는 생각이 드는군요."

"무슨 말이지?"

"우와! 저긴 가스 폭발이라고 신문에 나온 곳인데 아니었나 봐요?"

"딴소리 말고."

발끈하며 물어오는 김철수 형사.

"지금 저 4개의 사건을 일으킨 사람을 동일인으로 보고 있다는 자체가 굉장하네요. 그리고 3번째와 4번째는 한 사람이 벌인 일이라기엔 허점이 많고요."

"내가 저 사건들이 동일인의 소행이라고 말한 적이 있었나?"

마치 허점을 발견한 맹수처럼 물어온다.

"저기 사건들에 그어진 붉은 선이 그렇게 말하고 있네요."

내 말이 맞는지 김 형사의 눈썹이 꿈틀댄다.

"왜 그런 생각을 하는지 설명해주겠나?"

카메라로 날 봐야 알 수 있는 게 없다는 것을 깨달았는지 문정배 검사가 나타난다.

"너무나도 간단해서 설명할 것도 없어요. 먼저 물어보죠. 왜 4개의 사건의 범인을 동일인, 그것도 한 명으로 보는 거죠?"

"사건의 모든 것이 그렇게 말하고 있으니까. 박무찬 군은 볼펜으로 두개골을 뚫고, 작은 유리잔으로 어깨에 박고, 6m가 넘는 거리에 5m가 옥상을 잡을 수 있는 사람이 얼마나 있다고 생각하나?"

"이미 답은 말하셨네요. 왜 그런 사람이 한 명이라고 단정을 짓죠? 저런 인간이 존재한다고 생각하기도 싫지만 한 명이 있다면 두 명, 열 명이 있을 수 있다는 거죠."

"……."

장내는 일순 조용해졌다.

그리고 시선이 일제히 나에게 모아졌다. 내 말과 같은 의견을 가졌었던 수사관들은 '내 생각도 저랬어' 라며 동료에게 낮게 속삭인다.

"험! 3번째와 4번째가 한 사람이 벌인 일이 아니라고 하는 건 무슨 이유 때문인가?"

난 아예 벽으로 가서 짚어가며 설명했다.

"인천에서 일어난 3번째 사건에서 지금 이 선이 범인의 침투 경로겠죠?

"맞아."

"그리고 이 검은 점들이 적의 위치고요. 혹시 외곽에서 망을 보던 이들도 다 죽었나요? 죽은 사진이 없는 걸보면 아니겠죠. 그럼, 범인은 투명인간인가요? 어떻게 건물까지 침투한 거죠?"

"……."

"제 생각에는 망을 보던 이들과 손을 잡았다고 볼 수밖에 없네요. 여러 명이 마약이라든지, 돈을 노린 사건 같군요. 4번째는……."

대부분의 수사관들과 심지어 문정배 검사도 지금 내가 설명하는 걸 생각했을 것이다.

난 다만 수사 방향이 한 곳으로 흐르면서 희미해진 의문점을 일깨워준 것뿐이다.

이제 수사는 다시 원점으로 돌아가게 되고, 특별 수사본부는 더욱 빨리 해체될 가능성이 높았다.

"자네 생각은 잘 들었어. 하지만 저 벽에 적힌 것으로만 범인이 동일인이라고 판단한 게 아니야. 시체에 남은 상흔, 범인의 신체 특징, CCTV 분석 등 수많은 것을 고려해서 나온 결과지."

김철수 형사가 서둘러 분위기를 바로 잡으려 했지만 이미
늦었다.

"아무래도 그렇겠죠. 그냥 일개 대학생이 호기심이 과해
한 얘기라 생각해 주세요."

정중히 사과를 했다. 그리고 할 얘기는 다했기에 권해준 자
리에 앉아 수사본부에 일어난 소요가 가라앉기를 기다렸다.

"상당히 직관력이 뛰어난 친구군. 난 문정배 검사라고 하
네."

"박무찬이라고 합니다. 저녁에 대학 선배들과 술자리가 있
어서 그러니 조사할 일이 있으면 빨리 끝내주셨으면 좋겠네
요."

"오래 걸리진 않을 거야. 대한대학교에 올해 들어갔나?"

"네. 경영대학 1학년이에요."

"하하. 난 법학과 출신이네."

"아! 그러고 보니 로스쿨 선배님께 문 검사님에 대해 들었
습니다. 대학 다닐 때부터 셜록 홈즈라는 별명으로 유명한 분
이시라고……."

"부끄러운 별명이네. 하하!"

"꼭 한번 뵙고 싶었는데 이곳에서 좋지 않은 일로 뵙게 되
네요."

"그냥 간단한 조사일 뿐이야. 원하지 않는다면 지금 돌아

가도 되네."

"아닙니다. 그냥 조사받으면서 문 선배님… 아니, 문 검사님과 더 얘기하고 싶네요."

"하하하! 편하게 선배라고 불러도 좋아."

셜록 홈즈도 우리나라에 오면 학연 앞에서 힘을 못 쓸 것이라는 생각이 든다.

마치 문정배 검사를 존경하는 후배인 양 행동했고, 김철수 형사는 못마땅한 표정을 짓고 우리를 바라보고 있었다.

물론, 문정배가 학연에 이끌릴 거라고는 생각하지 않지만 없는 것보단 나았다.

본격적인 조사가 시작되었다.

본격적이라는 말이 무색할 정도로 그냥 방에 가둬놓고 마냥 두는 것이었지만 심리적으로 압박을 가하려는 것임을 알았다.

하지만 나에겐 그저 즐거운 상상을 하는 시간에 불과했다.

"험! 잠깐 조사 방향을 의논하다 보니 늦었군."

궁색한 변명을 하며 문정배 검사와 김철수 형사가 들어온다.

"괜찮습니다. 시작할까요?"

"그러지."

가장 먼저 한 것은 거짓말 탐지기였다.

"결과가 이상하게 나올까 많이 떨리네요."

"설령 그렇다 하더라도 법적효력이 없으니 걱정 마. 그러니 편하게 '예, 아니오.' 로 답하면 돼. 간단히 테스트 해볼까? 처음엔 예, 다음엔 아니오로 답하면 돼. 이름이 박무찬입니까?"

"예."

"성별이 남자입니까?"

"아니오."

결과를 나타내는 장치는 내가 볼 수 없는 방향으로 놓여 있었지만 문정배 검사의 눈에 비친 장면으로 알 수 있었다.

질문자는 김철수 형사였다.

"대한대학교에 다닙니까?"

"예."

"김만구 사장을 알고 있나요?"

"네."

"그를 죽였나요?"

"아니오."

거짓말 탐지기를 속이는 건 신수호 앞에서 괜찮은 척하는 것보다 쉬웠다.

그저 내가 한 짓이 아니라고 스스로에게 최면을 걸면 되는 일이었다.

마치 4개의 사건을 전부 조사하려는 듯 무수한 질문이 이어졌다.

"뉴스에서 보기 전에 라이브 빌딩에 본 적은 없나?"

"예."

하지만 질문이 거듭될수록 김철수 형사의 얼굴은 굳어졌고, 말투는 거칠어졌다.

"네가 그들을 죽이지 않았나?"

"네."

"4개의 사건과 진정 관계가 없다고 말하고 싶은 건가?"

"네."

"거짓말! 난 알 수 있어! 넌 수많은 사람을 죽여 본 살인자야. 너의 근육만 봐도, 행동만 봐도 알 수 있어. 넌 괴물이야! 인간을 부셔버리는 괴물! 솔직히 말해. 네가 그들을 죽였다고!"

"아니오."

"이익······!"

김철수 형사는 폭발했다.

상처 입은 맹수처럼 나에게 말을 퍼붓는다. 이렇게 화내는 것이 설정이고 연기라면 눈앞의 김철수 형사도 만만한 상대가 아니었다.

"그만하지. 수고했어, 잠깐 쉬었다가 다시 하자. 그리고 김 형사는 나 좀 봐요."

거짓말 탐지기는 끝이 났다.

"이해해. 곧 이곳이 해체된다고 해서······. 이거 마시고 잊어버려."

"범인이 아닌 게 미안할 지경이네요."

양동휘 형사가 건네는 커피를 마시며 기다리자 문정배 검사가 들어왔다.

"김 형사를 고소한다고 해도 할 말이 없네."

"아니에요. 심문의 한 방법이라고 생각하겠습니다."

"고마워. 내 단단히 일러뒀으니 두 번 다시 후배 앞에서 그러진 않을 걸세."

"정말 괜찮아요."

"그래?"

"검사님도 더 이상 신경 쓰지 마세요."

"휴~ 다행이네. 그럼 사건 당시 알리바이에 대해 물어볼까?"

"그러시죠."

역시 예상대로 김철수 형사가 화를 낸 것도 하나의 수사기법이었음에 틀림없었다.

"이 날은 뭐했나?"

"글쎄요, 정확한 건 아니지만 집에 있었던 것 같은데요."

"정확히 말해주게."

"학교 다니기 전엔 거의 집에만 있었어요. 날짜마다 기억하지는 못하니 집근처에 있는 CCTV를 살펴보시는 게 더 좋겠네요."

"…다음 질문으로 가지. 황학동에 간 적이 있나?"

"네. 과 친구가 하도 데이트를 하자고 졸라서 간 적이 있어요."

"그곳에서 산 물건은?"

"음, 친구에겐 비녀를 사줬고요. 전 마음에 드는 선글라스를 샀어요."

"혹시 증명해줄 사람은?"

"그날 그 친구의 경호원들과 같이 갔으니 물어보셔도 돼요."

"물어봤어. 한데 MT갈 때 4번째 사건 현장 근처로 갔는데 이유가 뭐지?

"아! 그건 깻잎하고 상추가 없다고 해서 사러 갔어요. 경호원 아저씨가 운전 실수를 하면서 그쪽으로 갔죠. 제 핸드폰 내역과 그 친구 이름 말해드릴 테니 연락해 보셔도 돼요."

물론, 이들은 모두 조사를 마친 상태였다.

더 이상 물을 것이 없는지 그는 서류를 덮으며 끝을 냈다.

"이상이네. 자네는 무혐의이네."

"정말 다행이네요. 사실 너무 조마조마했거든요."

"나가지."

"네."

난 문정배 검사와 배웅을 받으며 조사실을 나와 수사본부를 밖으로 나왔다.

"양 형사가 박무찬 군을 대한대학교까지 태워주세요."

"알겠습니다."

거절했음에도 억지로 차에 태우는 문정배는 조만간 한 번 연락하라며 명함을 줬다.

"그럼 다음에 뵐게요. 검사님."

"다음부턴 선배님이라고 불러. 들어가."

"네. 선배님."

내 말에 웃는 문정배 검사를 뒤로하고 차는 빠르게 중국인 연쇄 살인사건 특별 수사본부를 벗어나 대한대학교로 향한다.

운전석에 앉은 양동휘 형사는 백미러로 할 말이 있는지 계속 흘낏거리며 나를 본다.

"하실 말씀 있으면 하세요."

"아, 아무것도 아냐……."

내 말에 화들짝 놀라며 다시 운전에 집중한다. 그런 그를 보니 웃음이 나왔지만 무표정한 얼굴을 유지하며 창밖을 본다.

"혹시 너였어?"

대한대학교에 거의 도착할 때쯤 되어서야 양 형사는 입을 열었다.

"무슨 말씀인가요? 범인임을 묻는 거라면 아까 조사 과정에서……."

"아니. 그게 아니라……. 나에게 돈을 준……."

특별 수사본부에 수사관 중 내가 돈을 건넨 이는 양동휘 형사였다.

진명환이 준 특별 수사본부의 수사관 명단을 파악해 가정형편을 파악했다.

양동휘 형사의 모친이 암으로 병원에 있음을 확인하고 그를 선택했다.

내가 원한 건 간단했다. 그저 수사진행 상황에 대해 알기만을 원했다.

처음 돈을 건넨 후, 며칠간 고민하던 그는 결국 나와 손을 잡았다.

양 형사는 나를 본 적이 한 번도 없었다.

그저 내가 특정 장소에 돈을 갖다 놓으면 찾아갔고, 수사진행에 대해 간단히 말해줄 뿐이었다.

둘 사이의 유일한 증거라고 할 수 있는 전화기는 수사본부가 해체된다는 소식을 듣고 산산이 부셔져 하수구로 사라졌다.

"누구에겐가 돈을 받았다고 저에게 고백하시는 건가요?"

양 형사는 내 말에도 의외로 담담하다. 형사로서 수사의 기밀은 아니지만 정보를 모르는 이에게 넘겼다는 것에 죄의식을 느끼고 있음이 분명했다.

"못들은 걸로 하죠. 그리고 제가 만일 돈을 건네야 했다면 검찰 고위층에 줬을 겁니다. 그랬다면 특별 수사본부는 제대로 수사도 못하고 유야무야 넘어갔겠죠."

"그런가?"

양 형사는 더 이상 말이 없었다.

백미러로 비치는 그의 표정을 보니 조만간 경찰에 스스로 자수할 것 같았다.

이래서 순진하고 착한 사람들이 싫다.

필요에 의해 이용을 했지만 영 찝찝하다.

결국 차를 옆으로 세우게 한 후, 얘기하는 척하며 소리로 최면을 걸었다.

"…돈을 받은 사실도, 정보를 건넨 적도 없어요. 돈이 급하게 필요하자 그런 상상을 한 거죠. 우연히 어머님이 장롱에 모아둔 돈을 발견하고 병원비로 썼을 뿐이에요. 자, 그럼 깨어나면 본부로 돌아가 김철수 형사 위로나 해주세요."

귀찮은 일이었지만 꼼꼼히 마무리를 했다.

"태워주셔서 감사합니다."

차에서 내린 난 손가락을 튕기며 그를 깨웠고 인사를 했다.

"…응, 그래. 다음엔 이런 일로 보지 말자고."

죄의식이 사라진 양동휘 형사는 밝은 표정으로 손을 흔들며 간다.

뭐, 순진하고 우직한 형사 한 명쯤 있는 것도 나쁘지 않다는 생각이 든다.

＊　　　＊　　　＊

　사귀자고 말한 다음 날부터 나와 해윤이 사귀는 걸 모르는 사람은 없었다.

　해윤을 은근히 마음에 담고 있었던 남자들의 눈빛은 절망과 증오로 이글거렸고, 교수님들은 묘하게 웃으며 내 능력을 칭찬했다.

　해윤은 그런 타인의 시선 따위 신경 쓰지 않고 내 옆에 바싹 붙어 있었다.

　물론, 나 역시 그런 해윤이 싫지 않았다.

　다만, 크리스털 잔처럼 다뤄야 한다는 게 흠이라면 흠이었다.

　마시멜로처럼 말캉한 입술에 입을 포개고 설왕설래를 하지만, 나의 손은 가볍게 해윤의 허리에 댄 그대로 움직이질 않았다.

　본능은 온 몸 구석구석을 돌아다니라 말했지만 해윤과 나 사이엔 키스와 포옹이 한계라고 머릿속에 새겨뒀기에 참을 수 있었다.

　"…하아."

　입을 떼자 부드럽지만 달뜬 숨소리가 해윤의 입에서 나온다.

　붉게 달아오른 볼에 가볍게 뽀뽀를 하고 키스를 끝낸다.

"이젠 공부해."

키스의 여운을 느끼는 건지 여전히 눈을 감고 있는 해윤의 이마를 살짝 밀며 핀잔을 줬다.

기말고사 준비한다고 동아리실에 왔다가 공부는 뒷전이다.

무엇보다도 두 선배가 무서운 속도로 동아리실로 다가오는 게 느껴졌기에 어서 분위기를 바꿔야 했다.

살짝 자리를 벌리고 책을 넘기는 순간 문이 열리며 한태국과 황선동이 들어왔다.

"얘들아! 대박 소식……."

막 들어오며 기쁘게 소리치던 한태국은 맹하니 있다가 문 열리는 소리에 화들짝 놀라는 해윤을 보더니 눈이 가늘어진다.

"이거 분위기 이상하네."

"아무래도 동아리실에 연애금지라는 푯말이라도 붙여야겠는데요?"

"아, 아무것도 안 했거든요!"

바보! 발끈해 봐야 더 놀림감만 될 뿐이야!

이럴 땐 아예 뻔뻔하게 나가거나, 아님 조용히 있는 게 답이다.

"해윤아, 립스틱 묻었다."

황선동이 손가락으로 입 주위를 가리키며 말하며 미끼를

던지자 해윤은 덥썩 문다. 깜짝 놀라며 손거울을 꺼내 얼굴을 살폈다.

하지만 있을 리가 없다.

난 흔적을 남기지 않는다.

"역시 해윤이 어려. 무찬이 저놈 봐. 프로야, 프로. 여자 친구가 당하는데도 꿈쩍도 안하고 책보는 척이라니."

"근데 대박 소식이라니 무슨 말이에요?"

붉다 못해 홍당무가 되어버린 해윤이 더 놀림 받았다가는 뛰쳐나갈 기세였기에 화제를 재빨리 돌렸고, 두 사람은 들어올 때처럼 들뜬 표정으로 바뀌며 말을 쏟아낸다.

"우리, 스카우트 제의 받았다!"

"태국이 형은 내년 2월에 졸업과 동시에 입사하고, 난 내후년 졸업과 동시에 입사하는 걸로 말이야!"

대한대학교라고 해도 취직난에서 벗어날 순 없었다. 물론, 수준에 맞는 곳을 찾다보니 그런 경향도 있었지만 석사, 박사 학위를 딴 인재들이 즐비하다 보니 특히나 자신이 원하는 곳을 들어가기는 힘들었다.

"축하드려요."

"오빠들, 축하해. 근데 어디에요?"

"정진증권! 교수님이 최근 우리 수익률을 보시고 추천해주셨나 봐. 인턴 과정도 방학 동안 받으면 된다더라."

"…그, 그래요?"

해윤의 표정이 묘하다. 두 사람 방금 해윤이 놀린 걸 평생 후회할 것이다.

그나저나 이거 왠지 노찬성 회장이 관여했다는 냄새가 난다.

"형들이 방학 동안 일하면 투자는 해윤이랑 둘이 해야겠네요?"

난 혹시나 하는 마음에 슬쩍 그들을 떠봤다.

"무슨 소리! 우리는 무적의 투자 학술회잖아. 너희들도 방학 동안 우리랑 같이 간다. 그쪽에선 별도의 팀까지 만들어주고, 일정금액 투자금도 지원한다더라. 진정 우리의 힘을 보여주자."

누구 맘대로!

이 벼락 맞을 영감탱이가 은근슬쩍 해윤이를 떠넘기더니 이번엔 선배들까지 떠넘기며 날 실험하려는 하려는 것인가!

원하는 곳에서 일하게 되었다며 기뻐하는 두 사람의 흥을 깨는 건 싫었지만 이대로 끌려다니는 건 내 스타일이 아니었다.

"미안해요, 형. 전 방학 동안 할 일이 많아요. 그곳에만 매달려 있을 수 없어요. 정보는 드릴 수 있지만 같이하지는 못해요."

"…그, 그러냐? 그렇겠지? 해윤이랑 데이트도 해야 할 거고, 여행도 가야 할 거고…… 우리가 너무 우리 생각만 했나

보다. 미안하다."

"헤, 헤헤! 태국이 형 말이 맞아요. 이제 1학년인데 무리죠. 미안하다. 우리가 멋대로 판단해서."

분위기가 싸해졌다.

차라리 욕이라도 하면 마음이 편해질 텐데, 애써 웃은 짓는 두 사람의 모습에 더 이상 동아리실에 있을 수 없었다.

난 일이 있다며 해윤과 함께 나왔다.

"넌 너무 말을 매정하게 해! 좋게 말할 수도 있잖아? 지금까지 동아리실에서 하는 것처럼만 해도 되는 거 아냐?"

해윤이 옆에서 종알댔지만 대답하지 않았다.

학교와 같은 조건으로 일한다고해서 회사가 비슷할 것 같지만 전혀 다르다.

서미혜의 회사에 어설프게 경호원 노릇을 할 때도 생각과는 다르게 출근하게 되면 회사의 틀대로 움직일 수밖에 없었다.

동아리실에선 2~3시간 회의를 하고 투자하면 끝이다.

하지만 회사에서라면 전혀 다를 것이다.

무엇보다도 투자 금액 자체가 커지면 책임감은 물론이거니와 압박감도 심해져 금방 결정하던 투자도 몇 시간의 회의를 할 수도 있었다.

"태국 오빠 경우엔 취업을 위해 졸업까지 일부러 늦췄다는 거 몰라?"

"알아. 근데 해윤아."

"왜?"

"정진증권이 두 사람을 뽑은 이유는 그들의 능력을 보았기 때문이지 우리가 있고 없고가 중요한 게 아냐."

"그야 당연하지. 1학년인 우리가 무슨 능력이… 가만……."

해윤도 얘기를 하다가 이상함을 느꼈는지 입술에 손가락을 대곤 생각에 빠진다.

"아빠가 왜……? 능력 있는 오빠들이니 스카우트를 할 수는 있겠지. 한데 왜 투자 학술회 전체를 원한 걸까?"

생각을 마친 그녀는 명탐정 코난이 된 듯이 눈까지 가늘게 뜨며 물어온다.

"밉보인 사람이 있어서 괴롭히고 싶어서인지 모르지."

"아빠가 널 미워한다고? 그럴 리가! 너에 대해 얼마나 좋게 얘기하셨는데."

"좋게 얘기하신 게 뭔데?"

"그야… 아무튼 널 미워할 리가 없어."

역시 예상대로 좋게 얘기한 게 없었나 보다.

나쁜 영감탱이!

"아무튼 태국이 형과 선동 형이 걱정되면 네가 회장님께 잘 말씀드려."

"난 회사 일에 대해 관여할 수 없어."

"그럼, 왜 굳이 나와 너까지 원하는지만 물어봐."

변명이야 수도 없이 많겠지만 내가 예상하는 답은 두세 가지쯤 된다. 얼마나 멋진 변명을 할지 사뭇 궁금해진다.

노찬성 회장은 나의 예상을 뛰어넘는 인물이었다.

변명? 없었다.

도리어 해윤은 무슨 얘기를 들었는지 무조건 정진증권에 가야 한다며 떼를 썼다.

그리고 금융학 교수님은 대한대학교 경영대학의 미래까지 들먹이며 투자 학술회 전원이 ?그래봐야 4명― 참석해야 한다며 열을 올렸다.

내 목적이 인맥 쌓기였기에 교수님까지 나섰다면 조용히 따르는 게 대세였다.

하지만 최대한 유리한 상황을 만들기 위해 '긍정적으로 제안을 생각해 보겠다' 는 선에서 일단 마무리를 해야 했다.

생떼를 부리는 해윤을 피할 겸 의과대학으로 와 우니와 함께 커피를 마신다.

"요즘 해부학은 어때?"

"괜찮아. 선배들도 나 같은 애는 처음 봤대."

"다행이다."

처음 해부학을 했을 때 우니는 먹지도, 자지도 못하고 가관도 아니었다.

의과대학 사람들이 의사가 될 수 없을 것이라는 말까지 들을 정도였다.

그래서 최면을 걸어 내가 첫 살인 후에 고 선생님이 해주셨던 말을 약간 바꿔 우니에게 해줬다.

다행히도 매일처럼 건 최면이 세뇌로 바뀌어 이제는 해부학 수업 후, 스테이크를 먹는 우니였다.

"다 오빠 덕분이야. 최면이 대단하긴 대단한가 봐."

"물론이지. 나중엔 생리통과 생리일까지도 조절 가능해."

"됐거든. 아무리 내가 여자로 안 보인다고 해도 밖에서는 제발 그렇게 말하지 마."

우니를 최면 치료하면서 본격적으로 내가 아는 것들을 우니에게 가르쳐 주기 시작했다.

최면, 혈도와 혈도의 효능, 그리고 걷기 수련까지.

살인 기술이 아닌 활인 기술로서 하나하나 설명하자니 힘들긴 했다.

그리고 이성으로는 가르쳐 주기 힘든 것이 혈도였지만 걷기 수련까지 이어져야 했기에 가족이라는 탈을 쓰고 뻔뻔하게 가르쳐 주었다.

처음엔 부끄러워하거나 수치스러워하던 우니도 이젠 내가 가르쳐 주는 것이 왜 필요한지를 깨달았는지 최대한 아무렇지 않게 행동했다.

"근데 최면 거는 게 쉽지 않더라."

"처음부터 쉬운 게 어디 있어. 먼저 사람에게 신뢰를 얻어야 하고 '내가 최면을 걸 테니 긴장하지 말고 잘 따라 주세요' 하는 말로 안심을 시킨 후…"

"알아. 한데 오빠는 그냥 걸잖아?"

"나야 숙련이니까 그렇지. 너무 무리하지 말고 소리로 최면 거는 것부터 시작해."

"내가 정신과 교수님에게 여쭈어봤거든. 근데 오빠처럼 하는 거 쉬운 일이 아니래. 아니면 재능이 좋은 건가?"

'못 익힐 경우, 죽을 수도 있다고 생각하면 금세 익히게 돼.'

속으로만 중얼거렸다.

내가 가진 모든 것을 다 가르칠 생각은 없었다. 그저 의사로 살아갈 때 환자를 위해 필요한 것들만 가르칠 것이다.

"재능이지. 나 같은 천재가 어디 흔하겠니?"

"딱히 반박할 말이 없는 게 한이네. 쩝! 그건 그렇고 해윤이랑은 잘 돼가?"

"그냥 저냥."

"답이 영 시원찮네. 잘해줘. 덮칠 생각만 말고."

"…동생한테 그런 말을 들을 정도로 타락하지 않았다."

우니는 여전히 사채업자라는 말에는 경기를 일으키지만 빠르게 변하고 있다. 내가 원하던 변화였지만 한 가지만 더 바란다면 부디 건전한 변화였으면 한다는 것이다.

"호랑이도 제 말 한다면 온다더니 우니 호랑이가 저기 온다."

하여간 이 넓은 캠퍼스에서 날 찾는 걸 보면 대단하다니까. 어? 근데 쟨…….

해윤 옆에 그녀완 반대로 길쭉하고 쫙 빠진 아가씨가 있었다.

얌전하고 학생다운 옷임에도 섹시함이 느껴지는 하루였다.

음양교합법 세 번을 끝으로 남자 친구가 생겼다며 가버린 매정한 하루가 웬일로 날 찾은 걸까?

그리고 어울리지 않게 도끼눈을 뜬 귀여운 해윤이와 함께라니, 벌써부터 머리가 아프다.

"이분이 널 찾기에 데려왔어. 우니, 안녕!"

말투는 상냥한데 표정은 왜 그런 거니, 해윤아.

"박무찬, 오랜만이야."

"민정옥? 오랜만이다. 내가 여기 웬일이니?"

난 하루의 본명을 부르며 다가가 악수를 했다. 그리고 해윤이 보지 않을 때 왜 왔냐고 인상을 썼다.

"네가 이곳에 있다고 해서 지나는 길에 얼굴 보려고 들렀어. 근데 경영대학에 갔더니 없다고 해서 곤란해 하니까 이 학. 생. 이 안내해 줬어."

"그랬구나. 참, 정신하곤. 여긴 내 애! 인! 노해윤, 이쪽은 ·

내 동생인 우니야."

단 한 번도 애인이라고 말한 적이 없었지만 지금은 해야 할 때였다.

다행이도 내 의도가 먹혔는지 해윤의 얼굴이 살짝 펴진다.

"민정옥이에요. 애인이었구나. 어쩐지 날 보는 눈이 곱지 않더라. 그저 오랜 친. 구. 니. 까. 걱정 말아요."

"우니야, 나 잠깐 정옥이라 얘기 좀 하게 해윤이랑 있어줄래."

"알았어, 오빠. 해윤아 우린 저리로 갈까?"

착한 우니는 해윤이를 다른 자리로 데려갔고, 잠시 후 자신이 마시던 커피를 가져가며 귓속말로 속삭인다.

"저 여자 향수 좀 바꾸라고 그래. 오빠가 헬렐레하고 들어온 날마다 나는 향수랑 똑같아."

그리곤 옆구리에 있는 마혈을 꾹 지르고 간다.

계집애, 눈치하곤……. 쩝!

우니가 멀어지자 하루에게 물었다.

"오려면 전화라도 하지, 여긴 웬일이야?"

"할 말이 있어서 왔어."

"전화로 해서는 안 될 말이야?"

"아니. 위준이 아닌 박무찬의 모습이 보고 싶었거든."

"본 소감은 어때?"

"적응하기가 힘들 정도야. 진즉에 지금의 네 모습을 봤다면 아마 사귀자고 매달렸을 거야."

"농담이라도 고맙다."

하루의 말은 진심이었다.

만일 해윤이 고백하기 전에 지금 같은 말을 했다면 하루와 사귈 수도 있었다. 하지만 지금은 받아들일 수 없는 말이다.

"진담이긴 하지만 넘어가자. 착한 아가씨 울리고 싶진 않으니까. 사실 이상한 일이 나에게 생겨서 찾아왔어."

"무슨 일?"

"나 남자 친구 생긴 거 알지? 한데 그 남자랑 잤는데 완전 토끼인 거야."

"숫총각이었나 보다?"

"아니. 키스하고 애무하는 거 보면 대충 알잖아. 꽤 숙련된 애였어."

"남자도 그런 날 있어. 왠지 전위가 너무 좋다 보면……."

"그게 아냐. 그날 밤 그 애가 세 번을 시도했는데 세 번 다 그랬어. 그래서 어젯밤에 다시 만났는데 마찬가지였어."

이건 뭐라고 위로를 해야 하나 싶다. '힘센 남자 만날 거야'라고 해야 하나?

이런 내 생각과는 상관없이 하루의 말은 이어졌다.

"난 그 자식이 문제인줄 알았어. 한데 그 자식이 뭐라고 말했는지 알아? 나보고 요물이래. 넣기만 하면 참을 수 없게 만든다나."

"남자가 어지간히 미안했나 보다. 그래서?"

"난 토끼 주제에 말이 많다고 하고선 바로 헤어졌어. 한데 곰곰이 생각해보니 난 절대 그 정도는 아니었어. 그저 약간 쪼여주는 정도?"

난 하루가 하는 말을 이해했다.

그리고 음양교합법의 부작용이 아닐까하는 생각이 퍼뜩 들었다.

"문제는 그것 말고도 또 있어."

"다른 문제도 있어?"

"흥분이 잘 안 돼. 연기는 문제없지만 오랜 전위에도 이렇다 할 느낌이 없어."

둘만 있다면 길게 얘기를 하겠지만 벌써부터 해윤의 엉덩이가 들썩이는 걸 보니 곧 이곳으로 올 것 같았기에 멈춰야 했다.

"일단 얘기는 다시 하기로 하자. 이곳에서 계속할 얘기는 아닌 것 같아."

"그럼, 가게에서 기다리고 있을게. 내 몸에 이상이 생겨서 그럴 수도 있으니 너무 걱정 마. 그리고 너 때문이라도 탓하진 않을게. 나간다."

자리에서 일어나 우니와 해윤에게 손을 흔들며 인사한 하루는 휑하니 가버린다.

"무슨 일로 온 거래?"

해윤은 하루가 떠남과 동시에 찰싹 붙으며 묻는다.

"지나는 길에 잠깐 들렀대. 어제 남자 친구랑 헤어져서 이곳저곳을 다니는 중인가 봐."

"그래? 한데 언제부터 아는 사이야?"

"중학교 때. 귀국했을 때 우연히 다시 만났거든."

궁금한 것이 많은지 이런저런 질문을 계속한다.

난 망설임 없이 진실과 거짓을 섞어가며 얘기해 진실로 만든다.

"또 만날 거야?"

"글쎄, 네가 싫다면 만나지 않을 수 있어. 애인이 싫다는데 무리하면서 만날 필요 없잖아, 안 그래?"

"친구를 못 만나게 할 정도로 속이 좁진 않아……."

"이해해줘서 고마워."

난 해윤을 살짝 안으며 얘기했다.

맞은편에 있는 우니가 '바람둥이' 라며 입모양을 만들었지만 개의치 않았다.

"하지만 살짝 불안한 건 사실이야."

"불안해하지 마. 너뿐인 거 알잖아. 어떻게 해야 해윤이가 날 믿을까?"

주변의 시선도 무시하고 해윤을 더욱 강하게 안았다. 이 정도면 괜찮겠지 했는데 전혀 엉뚱한 말이 나온다.

"그럼 방학 동안 정진증권에 같이 가자. 그럼 믿을 수 있을 것 같아."

"킥킥킥!"

웃지 마, 고우니!

얼렁뚱땅 넘기려다 오히려 내가 당한 꼴이다.

노해윤이 노찬성 회장의 딸이라는 걸 잠깐 잊고 있었다.

해윤의 안은 손의 힘이 빠졌지만 이번엔 해윤의 손에 힘이
들어간다.

노해윤은 내 코를 낄 코뚜레가 아닐까 하는 불안감이 엄습
한다.

7장

리봉구

　하루의 증상은 음양교합법의 부작용이 맞았다.

　격발된 음과 양의 기운이 합쳐지며 극도의 황홀경을 만들어내는데 이게 문제였다.

　극에 달하는 쾌락을 맛보게 되니 약한 자극에는 미동조차 하지 않게 되는 게 당연했다.

　하루를 흥분시키는 방법은 서서히 주입하며 자극하는 방법을 제외하곤 없었다.

　또 한 가지 문제인 요물이 되었다는 건 나에겐 영향은 없었다.

　다만 기가 일반인보다 약간 더 강해진 하루에게 그녀보다 약한 기를 가지고 있으면 빨리게 된다는 것이 나의 추측이었다.

결국, 하루에겐 기의 수발이 가능하고, 기가 강한 남자가 필요했다.

딱히 섹스가 없이도 잘 살 수 있다는 그녀였지만 책임감 차원에서 치료를 하기로 마음먹었다.

결코 해윤에게 풀지 못해서는 아니었다.

최면을 통한 치료는 쉽지 않았다.

몸이 기억해 버리고 기가 강해진 것이라 시간이 걸리는 일이었다.

하루를 치료하기 시작하면서 걱정되는 이는 서미혜였다.

그녀 또한 하루와 비슷한 처지가 아닐까 해 전화를 해봤지만 오히려 편하다며 좋아라 했다.

그러던 중 1학기 기말고사가 시작되었다.

찌릿!

살기가 내 관자놀이를 노린다.

살기가 오는 것은 맞은편 건물의 복도. 고개를 숙이며 공격할 각도를 없앤다.

"박무찬, 자냐?"

"아, 아뇨. 생각이 잘 안 나서 고민하는 거예요."

"하여간 너도 참 독특해. 어서 시험이나 봐."

시험을 감독하러 들어온 조교 형이 내 행동에 고개를 흔들며 지나간다.

다시 고개를 들었다.

하지만 살기는 이미 사라져 있었다. 하지만 잠시 후, 다시 옆구리 부분이 '찌릿' 한다.

대각선 건물의 빈 강의실. 몸을 비틀어 피했지만 이대로 있다가는 당할 수 있다는 생각에 재빨리 시험지를 메워간다.

망할 자식!

보통 놈이 아니다. 잠깐 사이에 다시 위치가 바뀌었다.

"고생하셨어요."

시험지를 일착으로 내고, 시험장을 빠져나온 난 손짓 발짓으로 기다리라는 해윤의 제스처를 무시하고 살기를 내뿜는 놈을 찾으러 향했다.

최대한 감각의 영역을 넓혀 흔적을 찾으려 했지만 날 노리던 세 개의 건물 어디에도 놈으로 보이는 이는 없었다.

"신수호는 아닐 테고⋯⋯. 누구지?"

홍두가 최면이 걸린 다섯 명에게 죽고, 진명환이 사웅회 — 삼영파에 백중석이 함께하게 되며 이름이 바뀌었다—와 함께 홍두파를 쳤다.

홍두파는 네 개의 세력을 감당할 여력이 없어 금세 무너졌다.

그리고 관리구역은 사웅회에서 나눠가졌다.

물론, 난 진명환에게 홍두의 핸드폰을 가지고 있다가 신수호에게 연락이 오면 청부가 계속 진행 중이라는 식으로 속여 달라고 부탁했다.

그제 신수호와 통화를 해 잘 속였다는 얘기를 진명환에게 들었다.

그런 신수호가 또 다시 킬러를 고용했을 가능성은 거의 없었다.

"노찬성 회장? 아니야. 감시가 아니라 분명 살기였어. 그렇다면…….""

중화회나 천외천에서 보낸 킬러일 가능성이 가장 높았다.

"휴우우~"

한숨이 나온다.

중국에 가기 전까지만 공격이 없기를 바랐지만 예상대로 움직여 줄 놈들이 아니라는 건 알고 있었다. 그리고 노출됐다지만 사라져 버리면 그만이다.

그러나 그럴 수가 없는 상황이다.

제발 나만을 노리길 바라본다.

"박무찬! 점심 같이 먹기로 해놓고 도망가기야?"

"도망은 무슨. 그냥 배가 아파서 그래."

"괜찮아?"

허리에 척하니 손을 올리고 뱁새눈을 하고 있던 해윤은 배가 아팠다는 말에 금세 풀어지며 괜찮냐고 묻는다.

"응. 점심은 뭐 먹을까?"

"생각하기 귀찮은데 학생식당에 가자."

노찬성 회장은 경호원은 붙여줬지만 해윤에게 주는 용돈은 일반 대학생과 다를 바 없었다.

또한 옷과 신발, 액세서리도 평범했고, 먹는 것도 다른 학생들처럼 학생식당이나 캠퍼스 내에 있는 식당을 이용하는 게 다였다.

그래서일까 그녀가 정진그룹 셋째 딸이라는 사실은 몇몇 교수를 제외하곤 없었다.

식판에 음식을 받아 빈자리에 나란히 앉아 먹기 시작했다.

"시험은 잘 봤어?"

"그럭저럭."

"우~ 거짓말쟁이! 지난번에도 그렇게 얘기하고선 엄청 잘 봤었잖아."

"과대표라 약간의 어드밴티지가 있는 거겠지."

살기는 아니지만 뭔가가 빠른 속도로 나와 해윤을 향해 날아온다. 손을 휘저어 쳐낼 건 쳐내고 몇 개는 잡았다.

'콩자반?'

"뭐야? 갑자기 왜 그래?"

"모기가 너한테 붙으려고 해서."

어설픈 답이었지만 해윤은 의심하지 않고 밥을 먹는다.

앞에 모자를 깊숙이 쓴 채 가방을 메고, 갈색 반바지와 영어가 적힌 갈색 면티를 입고 있는 사내가 범인이었다.

살기!

놈의 오른손이 식탁 밑에 숨겨져 있었다.

쥐고 있던 콩자반에 내공을 실어 오른팔에 있는 요혈들을 향해 발사했다.

그리고 들고 있던 젓가락을 하나는 머리로, 다른 하나는 총구가 있을 곳이라 생각되는 곳에 던졌다.

꽈앙~

콩자반이 먼저 오른팔에 맞자마자 놈은 왼팔로 10인용 테이블을 뒤집었다.

테이블이 넘어지며 일으키는 소음에 넓은 식당의 사람들은 순식간에 그 방향으로 향했고, 놈은 그 틈을 이용해 사라졌다.

당장에라도 쫓아가 요절을 내버리고 싶었지만 테이블 넘어지는 소리에 바싹 붙으며 내 손을 잡는 해윤 때문에 움직일 수가 없다.

"밥 먹으면서 이러면 안 되지."

"노, 놀라서 그런 것뿐이거든. 흥!"

내가 놀리자 해윤은 그제야 떨어지며 숟가락질을 계속한다.

정막에 휩싸였던 식당도 아무 일 없었다는 듯 다시 시끄러워졌다.

다음 날부터 킬러는 신중해졌다.

내 시험 시간과 강의실 번호를 정확히 알고 있는지 시험시 간이면 계속 날 노렸고, 공격이 실패할 것 같으면 무조건 사라져 버렸다.

그리고 다시 나타나 학교뿐만 아니라 집으로 가는 날 노렸다.

그나마 다행인 건 나만 노릴 뿐 우니나 해윤에 대한 공격을 하지 않는다는 것이다.

스트레스는 커졌고, 자연스레 해윤과 거리를 두며 혼자 있는 시간이 많아졌다.

지금도 저격하기에도 좋고 싸우기에도 좋은 산책로를 거닐고 있다.

시험기간이라 이곳에서 데이트를 즐기는 연인들도 없고, 술을 마시러 오는 이들도 없었다.

놈은 분명 이곳에 있었다.

캠퍼스를 돌며 이쪽으로 오도록 유도를 한 것이 주요했다.

하지만 내가 기다린다는 걸 아는지 1시간 30분이 지났지만 꿈쩍도 하지 않는다.

둘의 싸움은 시작되었다.

온 몸의 살기를 풀어 산책로에 아무도 오지 못하게 만들고, 기운을 풀어 작은 움직임까지 포착하고 있다.

이 팽팽한 긴장감은 섬을 기억나게 만든다.

오른손에는 언제든 던질 수 있는 짱돌을 두 개 들었고, 왼손에는 뾰족한 나뭇가지를 들고 있다.

움직이는 순간, 이 귀찮은 싸움은 끝날 것이다.

사각! 슈우욱! 팍!

20m 떨어진 곳에 나는 소음에 짱돌을 던졌다.

30년은 되어 보이는 나무를 뚫고 소리가 나는 곳에 적중했다.

하지만 맞는 소리가 시원치 않다. 작은 동물이지 결코 놈은 아니었다.

땅에 뒹구는 돌을 다시 집어 두 개로 만들었다. 그리고 천천히 말하기 시작했다.

"숨어 있기 힘들 거다. 벌레들이 몸을 기어 다니고 있을 테고, 모기들이 피를 빨고 있겠지? 당신 강하잖아. 그러니 나와. 넌 총과 칼을 가지고 있지만 난 그저 돌멩이 두 개에 나뭇가지가 전부니까."

내공을 담은 은은한 목소리가 바람을 타고 산책로 전체에 퍼져나간다.

"그저 평범한 학생에 불과한 나에게 겁을 먹은 건가? 당신은 훌륭한 저격수고, 겁 없는 헌터이며, 강한 힘을 가진 파괴자인데 고작 나 따위한테 겁을 먹을 리는 없겠지?"

말의 고저와 듣는 이들의 감정을 자극하는 순간최면의 일종이다.

과대표를 뽑을 당시 이용한 방법이기도 했다.

효과가 있었다.

25m 정도의 땅이 들썩거린다.

두 개의 돌이 던지며 내공을 다리로 보내 땅을 박찼다.

파악! 퓨슉! 퓨슉!

메마른 흙과 오래된 나뭇잎이 날아올라 놈이 있던 일대의 시야를 가린다.

그곳에 먼저 던진 두 개의 돌이 뚫고 지나갔지만 맞는 소리가 들리지 않는다.

그리고 놈이 쏜 총을 피하는 순간 기척은 다시 사라졌다.

하지만 조금 전에 숨어 있던 비트의 뒤쪽, 언덕의 끝이 놈이 숨어 있는 영역이라는 걸 알았다.

"방금 전 사격 실력은 나도 배우고 싶을 정도로 무섭군. 하지만 이제 끝을 내야겠어."

놈이 있는 곳은 15m 앞에 있는 나무 뒤였다. 한 걸음씩 다가가며 놈이 모습을 드러내길 기다렸다.

나무를 뚫을 수도 있겠지만 던지는 순간 움직이는 놈을 잡는 것보다 움직이는 순간 놈을 잡는 게 나에게 유리했다.

"이제 한 걸음… 젠장!"

다 잡았다 생각하고 살기를 풀었더니 산책로로 빠르게 누군가 올라왔다.

해윤이었다.

"…찬아!"

이번엔 놈이 먼저 움직였다.

지금까지 나만을 노렸지만 목숨이 경각에 달린 지금은 해윤을 노렸다.

단검 두 자루가 해윤을 향해 날랐고, 권총은 나를 향한다.

두 가지가 떠올랐다. 놈을 죽이거나, 해윤이를 살리거나…….

발로 바닥을 차 놈의 시야를 가리고 들고 있던 돌을 던졌다.

그리고 수영장의 벽을 박차듯이 나무를 차 몸을 뒤로 날리며 총을 피했다.

들고 있던 나뭇가지로 단검을 쳐내기엔 늦었다.

난 몸을 날려 해윤을 덮쳤다.

"꺄악!"

하나의 단검이 어깨를 살짝 스쳤고, 다른 하나는 빗나갔다.

핑! 핑! 핑! 핑!… 팍! 팍! 팍! 팍!……

바닥에 한 바퀴 구르며 해윤을 보호하고 나머지 한 손으로 주변에 있던 돌들을 놈이 있을 만한 곳으로 계속 던졌다.

마치 기관총을 갈기는 모습처럼 돌에 걸린 나뭇가지들이 터져 나간다.

다행히도 놈은 사라지고 없음을 확인하고 손이 멈춘다.

그제야 내 아래 깔려 있는 해윤을 본다.

산책로 옆에 심어둔 잔디밭에 구른 해윤의 머리가 엉망이었다.

비명까지 지르던 그녀는 웬일인지 볼까지 빨갛게 달아오른 채 말이 없다. 혹시나 다친 게 아닐까 싶어 걱정스레 물었다.

"괜찮아?"

"…으, 응. 그, 그런데 산책로에서 이러면……."

자세를 보니 오해할 만도 했다.

더워지는 날씨 때문에 입은 헐렁한 반팔 셔츠의 단추가 하나 더 풀려 달덩이 같은 살결이 3분의 1은 보였고, 반바지를 입은 그녀를 위에서 내가 지그시 누른 형태다.

내가 이곳에서 자신을 덮친 줄 아는 모양이다.

"아! 미안."

"아, 아냐! 나, 난 괘, 괜……."

뭐가 괜찮다는 거야?

그리고 눈은 왜 감아! 이 꼬맹이가 지금 무슨 생각하는 거야!

난 오히려 해윤의 반응에 벌떡 일어났다. 그리고 그녀를 일으켜 세운 후 머리와 옷에 묻은 지푸라기들을 털어줬다.

무릎이 살짝 까진 것을 제외하곤 괜찮았다.

다만 셔츠의 단추가 떨어져 위에서 내려다보면 받쳐 입은 티가 있음에도 브라와 가슴이 반쯤 보인다는 게 문제였다.

"옷이 필요하겠다. 가자, 옷 사줄게."

"으응."

뭔가 서운한 표정을 짓는 해윤이었지만 신경 쓰지 않고 살며시 어깨를 감싼 채 산책로를 내려왔다.

놈을 놓쳤다는 분노보다 해윤이 괜찮다는 안도감이 더 컸기에 이곳까지 왜 왔는지 묻지 않았다.

그저 어깨를 감싼 손에 조금 더 힘이 들어갈 뿐이었다.

*　　　*　　　*

리봉구는 재일교포의 신분으로 한국에 들어왔다.

이미 특수 훈련을 받을 당시 한국의 발전상에 대해 알고 있었지만 일본에 비해 뒤지지 않는 고층 건물들과 한강의 야경에는 놀라움을 금치 못했다.

호텔에서 머물며 관광객처럼 이곳저곳을 돌아다니던 그는 조단성이 구해준 박무찬의 정보를 받고는 다시 놀라야 했다.

S급 섬에서 4년간 보냈다는 것보다 귀국 후, 5개월 만에 중국의 홍콩대학과 비슷한 수준의 대한대학교에 입학했다는 자체만으로도 평범한 인간은 아니라는 생각이 들어서였다.

한편으로는 일이 생각보다 쉬울 거라는 생각에 한결 여유로워졌다.

머리 좋은 놈치고 싸움 잘하는 사람은 드물다는 그의 편견 때문이었다.

먼저, 대한대학교를 둘러보며 지리를 익히고 박무찬에 대한 세세한 정보들을 모았다.

그리고 기말고사가 있는 날 박무찬을 노리기로 했다. 저격용 총이 없었지만 특등사수였던 그였기에 권총으로 충분하다고 생각했다.

박무찬이 있는 강의실이 보이는 건너편 건물 복도에서 커피를 마시던 리봉구는 그의 머리가 보이자 잡지로 감춘 총으로 관자놀이를 겨누었다.

'피했어?

방아쇠를 당기려는데 갑자기 박무찬의 고개가 숙여지며 표적이 사라져 버렸다.

육감이 뛰어난 자들 중 그런 자들이 있다는 얘기는 들었지만 실제로 보는 것은 처음이었다.

'우연이겠지.'

우연이라 생각한 그는 저격위치를 바꾸기로 했다. 박무찬이 앉은 위치라면 옆구리가 보일 곳으로 재빨리 이동했다.

그리고 다시 총을 겨눴지만 결과는 마찬가지였다.

몇 번을 더 시도했지만 박무찬은 알고 피한 것이 분명했다.

소름이 돋는 것을 느낀 그는 재빨리 그 자리를 피해야 했다.

리봉구는 살기를 완전히 지우고 멀리서 그를 지켜보며 과연 이 일이 성공할 수 있을까 생각해 본다.

육감이 아무리 뛰어나다 해도 가까이에서 쏘는 총보다는 빠르지 않을 것이라는 게 그의 생각이었다.

그래서 애인과 식당으로 향하는 그를 뒤따라갔다.

S급 섬에서 산 놈답게 박무찬은 식당 전체가 보이는 자리에 앉아 밥을 먹고 있었다. 학생인 양 밥을 사서 먹으며 그의 몇 테이블 떨어진 앞에 앉아 기회를 엿봤다.

그러다 반찬으로 나온 콩자반을 보고 멋진 생각이 떠올랐다.

감이 뛰어난 놈일수록 분명 속을 만한 일이었다.

그는 숟가락에 콩자반을 잔뜩 담아 그들을 향해 튕긴 후, 권총을 놈에게 겨누고 쏘려고 했다.

하지만 팔을 휘저으며 콩자반을 없앤 놈의 손이 번개처럼 움직이는 것이 보였다.

쏠까? 말까?

0.1초도 되지 않는 짧은 생각이었지만 온 몸이 위험하다고 소리치고 있었다.

'윽!'

총을 든 오른팔이 찌릿하며 총을 놓칠 뻔했다. 그와 동시에 왼팔로 테이블을 올렸다.

'탁! 탁!' 거리며 플라스틱 탁자에 무언가 박히는 소리가 들림과 동시에 몸을 굽혀 재빨리 테이블 밑으로 기어서 식당을 빠져나왔다.

"과연 죽일 수 있을까?"

첫날 실패 후, 리봉구의 머리를 맴도는 생각이었다.

왜 S급 섬이 괴물들이 사는 곳인지, 자신이 왜 그토록 그곳에 가기를 꺼려했는지 박무찬을 통해 알 수 있었다.

권총의 유효사거리인 400m 거리를 두고 놈을 노렸지만 이틀 동안 번번이 실패했고, 오히려 학교가 아닌 그의 집 근처에서는 다칠 뻔하기도 했다.

결국 박무찬을 죽이기 위해선 그의 행동이 제한되는 학교가 최선이라 생각했다.

그러다 보니 지금은 멀찍이 떨어진 곳에서 빈틈만을 노리는 신세가 됐다.

'왜 저리 빨빨거리고 다니는 거야!'

이리저리 마구 돌아다니는 놈 때문에 감시하기 편한 위치로 움직이다 보니 산책로에 들어선 순간 리봉구는 다시 위기 감지 능력이 발휘되었다.

그래서 재빨리 간단한 비트를 만들고 숨었다. 아니나 다를까 멀리 떨어져 있던 박무찬이 번개처럼 뛰어와 산책로에 들어선 것이다.

'언제까지 가지 않는지 두고 보자. 난 며칠이고 버틸 수 있어.'

완벽한 비트라면 더 오래 버틸 수 있다. 그러나 약식으로 만든 비트라도 꼼짝하지 않고 3~4일은 버틸 수 있는 리봉구였다.

꽤 오랜 시간을 이리저리 움직이는 박무찬을 느끼며 공격할까 말까를 고민을 했지만 결국은 그냥 놈이 떠날 때까지 버티기로 했다.

마치 자신을 낚기 위한 낚시로밖에 보이지 않았기 때문이다.

하지만 박무찬은 그의 상상보다 더욱 무서운 놈이었다.

이런저런 얘기를 하는 그의 말을 듣는 순간 리봉구는 비트에서 나가 놈을 죽이고 싶다는 생각에 빠져들었다.

그리고 아차 하는 순간 몸을 움직였다.

엄청난 살기가 몸을 찢어발길 듯 리봉구를 향했다.

그는 비트를 양팔로 처올리고 박무찬을 향해 총을 쏜 뒤 빙글 돌아 포복 자세로 도망가기 시작했다.

하지만 멀리 가지 못했고, 겨우 나무에 몸을 숨길 수밖에 없었다.

박무찬은 자신이 숨은 위치를 정확히 알고 있었고, 점점 다가오고 있었다.

죽음이 가까워졌다고 생각하는 순간, 정신없이 심장이 뛰었고 총을 쥔 손에 땀이 흘렀다.

하지만 리봉구는 운이 좋았다.

박무찬의 애인인 노해윤이 눈에 띄었다. 힘없는 사람을 죽이지 않는다는 자신의 신념도 죽음 앞에서는 소용이 없었다.

무작정 노해윤을 향해 단검 두 개를 던지고 박무찬을 향해 총을 쐈다.

그러나 박무찬이 만든 먼지의 장막이 그를 방해했고, 뒤이어 날아오는 총알보다 무서운 짱돌을 피해야 했다.

"윽!"

짱돌이 스쳤음에도 어깨가 찌릿하다. 아마 맞았다면 어깨 전체가 송두리째 터져 나갔을 것이다.

박무찬이 노해윤을 안아 뒹구는 순간, 그는 뒤도 보지 않고 산책로의 반대편으로 뛰어 내려갔다.

박무찬과 지금 붙어봐야 도저히 승산이 없음을 알았다.

기말고사 마지막 날, 리봉구는 이 날을 놓치면 자신의 신념을 지키며 박무찬을 죽일 수 없다는 위기감에 저격용 총을 구해 대한대학교로 왔다.

그리고 이미 보아둔 저격 포인트로 올라가 총을 조립했다.

마지막 시험을 보는 강의실도 저격할 곳이 꽤 있었지만 저격용 총을 가지고 있다면 더 좋은 곳이 있었다.

대한대학교 학생회관 옥상이었다.

꽤 먼 거리였지만 리봉구의 실력이라면 충분히 가능했다.

잠겨 있는 문을 소음기가 달린 권총으로 쏘자 힘없이 열린다.

주변을 돌아보며 빠르게 경영대학이 보이는 곳에 자리를 잡은 후 저격용 총을 조립했다.

지금쯤 시험이 시작했을 시간이었기에 망원렌즈를 통해 강의실을 살폈다.

"없어?"

대각선으로 보였지만 강의실의 모든 이들을 훤히 볼 수 있는 곳이었다.

다시 한 번 살펴봤지만 역시 없었다.

전공과목이었기에 빠질 수 없는…….

리봉구는 생각을 멈춰야 했다.

등 뒤에서 자신을 향해 다가오면 얘기를 하는 인물이 있었다.

"나를 노리던 사람이 너였군?"

박무찬이었다.

손에는 여러 개의 표창을 들고 있었고, 옆구리에는 단검과 심지어 권총까지 차고 있었다.

리봉구는 박무찬이 자신을 이곳에서 기다리고 있었다는 걸 알 수 있었다.

"어떻게 안 거지?"

리봉구는 남파를 위해 교육을 받았기에 서울말에 능숙했다.

"점점 나와의 거리가 멀어지더군. 그래서 가까운 곳은 아니라고 생각했지. 그리고 이곳이 피할 곳이 없는 저격의 최고 장소잖아?"

"그렇긴 하지. 한데 어떻게 저곳이 아니라 이곳에 있는 거지?"

리봉구는 그게 가장 궁금했다. 얌전한 대학생 흉내를 내는 박무찬이 시험을 무시하리라고는 생각도 못한 것이다.

"교수님에게 부탁드렸지. 급한 일이 있어 먼저 시험을 보게 해달라고. 난 교수님 앞에서 오전에 시험을 끝마쳤어."

"하, 하하하하! 그랬군."

리봉구는 웃음이 터졌다. 그리고 조단성에게 자신이 속았다는 걸 깨달았다.

눈앞에 있는 박무찬은 S급에 있던 평범한 놈이 아니었다.

분명 S급에서도 괴물로 통했던 놈일 것이다.

왜 저격이 계속되는데도 시험에 집착하는 사람처럼 강의실로 향했는지, 왜 얌전히 피하기만 하다가도 위험을 무릅쓰고 자신을 공격했는지 알 수 있었다.

오늘 이 자리로 자신을 불러들이기 위함임을 알게 된 것이다.

"어제 내가 죽었다면 아쉬울 뻔 했겠군."

"그럴 리가. 계획은 그저 계획일 뿐이지. 네가 어제 겁을 먹고 이곳에 오지 않았다면 아무 소용이 없잖아."

"하하하! 그건 그렇군. 그런데 진짜 궁금해서 묻는 건데 S

급 섬엔 너 같은 놈이 몇 명이나 되지?"

"S급 섬이라고?"

처음 듣는다는 표정에 리봉구는 자신과 박무찬이 섬에 가게 된 상황이 다름을 알고 설명을 덧붙였다.

"섬은 C급, B급, A급, S급으로 나뉘어. S급이 가장 강한 사람들이 모여 있고, 그 다음이 A급이야. 네가 있던 섬은 S급이지."

"너는 A급인가?"

"맞아. A급 섬을 두 개나 없앴지. 그래서 널 죽이고 S급으로 가려고 했는데 지금 생각하니 어리석은 짓이었군. 자, 이제 내 질문에 답을 해주겠어?"

"글쎄, 내가 섬을 탈출할 땐 대략 3~4위 정도 하지 않았나 싶은데. 탈출 당시가 잘 기억나지 않거든."

"그렇지? 내가 약한 게 아니었어. 네가 너무 강했던 거야."

"그게 그렇게 중요한 일인가? 모르겠군."

"나에겐 중요하지. 궁금증을 풀었으니 진정한 솜씨를 보고 싶어지네."

리봉구는 쓸모없는 저격용 총을 버리고 혁대에 있던 두 개의 단검을 뽑았다.

박무찬도 리봉구의 의도를 알았는지 표창을 넣고 단검을 꺼낸다.

"주변 사람을 노리지 않아 고맙군. 대신 고통 없이 죽여

주지."

"내 신념이거든. 한데 어젠 미안했어. 죽음이 다가오니 신념 따윈 없더라고."

"살아야 하니까."

리봉구는 자신보다 어린 박무찬의 말에 고개를 끄덕였다.

세상이 한 사람을 중심으로 돌고 있지는 않지만 나에게만은 나를 중심으로 도는 것이다.

내 죽음은 세상의 끝이다.

온 몸에 퍼져 있는 기운을 팔과 다리에 모았다. A급 섬을 돌며 그가 배운 필승의 기술 두 개 중 하나였다.

발을 박찼다.

리봉구에겐 흐릿하게 변하는 세상에 오직 박무찬이 선명하게 보였다.

챙! 챙! 챙! 챙! 챙! 챙!

수십 명을 짚단처럼 베어 넘겼던 칼질이 박무찬에겐 소용이 없었다.

북한의 최정예만 사용한다는 단검술을 그도 알고 있었다. 러시아의 스패츠나츠의 단검술도 마찬가지였다.

"기의 사용이 서투르군. 그럼!"

온몸이 비명을 지르며 위험을 알린다. 죽음을 생각했다.

하지만 방금 전 박무찬이 얘기했던 말이 떠올라 몸을 비틀었다.

스각! 푹!

날카로운 단검이 몸을 가르고 뚫었지만 상관없었다.

리봉구는 살고 싶었다.

필승의 기술 중 다른 하나는 도망치기였다. 팔에 있던 기운
까지 다리로 몰아넣고 8층 높이의 학생회관에서 몸을 날렸
다.

그의 기억이 맞는다면 분명 밑에는 창고 대신으로 건물 옆
에 쌓아둔 물건을 보관하기 위한 천막이 있을 것이다.

있었다.

그리고 그곳으로 떨어지는 속도를 줄이기 위해 다리에 있
던 기운을 다시 팔로 옮겨 창틀을 잡는다.

하늘에서 떨어지는 피가 마치 비처럼 내린다.

뒤에서 소리치는 박무찬이 표창 어쩌고저쩌고 했지만 더
이상 들리지 않았다.

쏴아아!

여름 장마가 시작되는 소리가 들리고 굵은 빗줄기가 몸을
때린다.

리봉구는 역시 자신은 운이 좋다고 생각했다.

그리고 피를 많이 흘려 정신이 흐려졌지만 지금 그가 살기
위해선 의과대학으로 뛰어야 한다는 건 알고 있었다.

그는 박무찬이 찌르고 가른 배를 움켜잡고 목적지를 향해
뛰었다.

"헉헉!"

사물이 분간이 되지 않았다.

하지만 의과대학 건물의 창문을 부술 순 있었다. 힘겹게 창문을 올라간 그는 어린이 키 정도 밖에 되지 않는 창틀에서 떨어졌다.

박무찬의 말처럼 고통은 없었다. 그리고 더 이상의 힘도 없었다.

수많은 약이 들어 있는 서랍장으로 다가가려 했지만 그건 생각뿐이었다.

"꺄악!"

누군가 문을 열고 들어왔고, 리봉구를 보고 비명을 지른다.

리봉구는 박무찬이란 죽음을 피해 도망가다가 이렇게 죽는 자신에게 웃음이 나왔다.

"…아요? …려요!"

마치 고향에 두고 온 첫사랑처럼 생긴 아가씨였다.

이미 다른 남자의 아내가 되었겠지만 그리운 얼굴이었다.

몸에 무언가 닿은 느낌이 들었지만 그의 의식은 서서히 꺼져갔다.

"…차려요! 이름이……."

'이름을 말하라는 건가?'

자신이 그토록 싫어하던, 자신을 버린 어머니가 지어준 이름.

"…리… 봉… 구……."

"봉구 씨……."

의식을 잃기는 싫었지만 그건 더 이상 그의 의지로 되는 게
아니었다.

리봉구는 눈을 감았다.

8장

누이 좋고, 매부 좋고

　고우니는 어제 기말고사가 끝이 났다. 하지만 무찬이 오늘
까지 시험이었기에 같이 학교로 나왔다.

　방학이 시작된 의과대학은 평소의 부산함과는 거리가 있
었다.

　"우니야, 방학 시작했는데 웬일이야?"

　조교를 맡고 있는 3학년 선배인 안현지가 휴게실에 앉아
책을 읽고 있는 우니를 보더니 묻는다.

　"아, 현지 언니. 정리할게 있어서 잠깐 들렀어요."

　"기집애, 오빠 따라 왔구나?"

　안현지는 방학이 시작된 고우니가 이곳에 온 이유를 알고

있다는 듯 웃으며 맞은편 자리에 앉는다.

그리고 고우니는 들켰다는 것이 쑥스러운 듯 미소 짓는다.

"하여간… 브라더 콤플렉스는 여전하다니까."

"언니는 어디 안 가세요?"

고우니는 화제를 돌리려 묻는다.

"3학년이 어딜 가. 오늘부터 일요일까지만 쉬고 다시 열심히 공부해야지. 모든 과목을 공부하려니 혼이 빠질 지경이다."

"호호, 쉬면서 하세요."

"그건 내가 너한테 하고 싶은 말이야. 무슨 기집애가 공부밖에 모르냐."

여자 둘이 만나면 접시가 깨진다는 속담이 맞다는 걸 증명이라도 하듯이 두 사람은 한참을 얘기 삼매경에 빠진다.

"내 정신 좀 봐. 교수님께 전해드릴게 있어서 나가던 중이었는데……."

"호호호, 어서 가보세요."

30분을 넘게 얘기하던 안현지는 잊은 일이 생각나 자리에서 일어났다.

"불금(불타는 금요일)이라 의과대학이 텅텅 비었어. 그니까 너도 얼른 들어가. 의과대학에 떠도는 소문은 알고 있지?"

"꺄아~ 언니!"

의과대학에는 무서운 이야기들이 각 강의실마다 있을 정

도로 많았다.

그래서 학생들은 혼자 어두워져 가는 의과대학에 있는 것을 병적으로 싫어했다.

하지만 화들짝 놀란 표정을 짓던 고우니는 안현지가 사라지자 언제 비명을 질렀나 싶게 예의 무심한 표정으로 돌아와 있었다.

그리고 담담히 읽던 책을 다시 보기 시작했다.

고우니는 귀신보다 사람이 무서웠다.

박무찬을 만나고 나서 많이 좋아졌다고 하지만 그 마음은 여전했다.

안현지와 얘기할 때 웃고, 감탄하고, 안타까워하는 표정을 짓는 것은 대인관계를 위한 연극에 불과했다.

그녀가 진심으로 웃을 때는 박무찬과 있을 때뿐이었다.

"시험은 잘보고 있으려나?"

커피가 떨어져 다시 음료를 뽑아 한 모금 마신 고우니는 박무찬이 입학 선물로 준 시계를 보며 중얼거렸다.

시험이 끝나면 그에게 연락이 올 것이기에 자리에 앉아 비가 올 듯이 어두워진 밖을 바라본다. 오늘은 방학 기념으로 해윤과 함께 좋은 곳에 가서 저녁을 먹기로 했다.

처음 구김 없는 해윤이 무찬의 곁에 있는 걸 봤을 땐 알 수 없는 질투심에 표정관리를 하기 힘들었다.

박무찬이 자신에게 동생 이상의 감정이 없다는 걸 알고 있었음에도 그녀의 마음은 그에게 향해 있었기 때문이다.

박무찬은 그녀에게 유일한 가족이었고, 남자였다. 하지만 둘 중 한 가지를 포기하지 않으면 둘 다를 잃을 수 있다는 생각에 결국 남자를 버리기로 했다.

고우니는 마음을 정리하고자 노력했다.

그리고 두 사람이 정식으로 사귀게 되었다는 것을 알았을 때 어느 정도 미련을 정리할 수 있었다.

우르르~ 꽝! 후두두두둑!

창문이 흔들릴 정도의 큰 천둥소리와 함께 굵은 빗방울이 천지를 때린다.

잠시 그 광경을 바라보던 고우니는 박무찬이 우산을 가지고 가지 않았음을 알고 책을 덮어 가방에 넣고 휴게실을 나왔다.

차에 있는 우산을 갖다 줄 생각이었다.

와장창! 쨍그랑!

막 1층 현관을 나서려는 찰나, 우측 복도에서 창문 깨지는 소리가 들린다.

흠칫 놀랐지만 고우니의 발걸음은 소리가 난 곳으로 향한다.

그리고 방마다 귀를 기울이던 그녀는 1학기 때 주사 놓기를 실습하던 실습실 앞에서 잠시 머뭇거리다 문을 열었다.

"꺄아아악!"

실험실 한편의 창문이 박살 나 있었고, 바닥에는 어떤 사람이 고통스럽게 한 채 꿈틀거리고 있었다.

놀람에 뒷걸음치던 고우니는 그가 기는 방향이 소독약과 주사 등이 있는 서랍장 쪽이라는 것과 검붉은 피가 바닥을 적시는 걸 볼 수 있었다.

그 모습에 두려움은 사라지고 의사가 되고자 하는 이로서의 어떤 힘이 생겨났다.

"괘, 괜찮아요? 정신 차려요!"

남자에게 다가간 그녀는 옷에 피가 묻는 줄도 모르고 남자의 상태를 확인한다. 복부와 옆구리에 난 상처에서 피가 샘솟고 있었고, 눈동자는 이미 초점을 잃어가고 있었다.

고우니는 재빨리 서랍장을 열어 붕대와 소독약을 꺼낸다.

아무리 그녀가 의대생이라 하지만 이제 겨우 1학기를 마친 학생에 불과했다.

들고 있던 물건이 바닥에 반 이상 떨어질 정도로 심하게 떨고 있었다.

"피, 피가 멈추지 않아……."

소독약을 뿌리고 붕대를 있는 대로 상처에 붙이고 눌러보지만 피가 멈추질 않았다.

박무찬에게 배운 혈도라는 곳이 생각나긴 했지만 급박한 상황이라 어딜 어떻게 눌러야 하는지 도무지 생각이 나질 않았다.

"정신 차려요. 이름이 뭐예요?"

상처 부위를 살며시 누른 채 남자가 정신을 잃지 않게 말을 걸었다.

그리고 호주머니에 든 스마트폰을 꺼냈다.

"…리… 봉… 구…….."

"봉구 씨, 조금만 더 정신을 차리고 기다려요. 곧 119가 도착할 거예요. …허억!"

리봉구에게 말을 하면서 119 버튼을 누르려던 고우니는 리봉구가 들어온 창문으로 누군가가 또 들어오는 것을 보고 하마터면 스마트폰을 놓칠 뻔했다.

"오, 오빠……."

창문으로 말없이 들어온 사람은 다름 아닌 박무찬이었다.

그는 처음 병원에서 봤을 때처럼 무심한 얼굴로 자신과 리봉구를 번갈아 보고 있었다.

고우니는 갑자기 알 수 없는 두려움에 몸이 가볍게 떨렸다.

그녀는 알고 있었다.

아니, 오빠인 박무찬이 사채업자들을 죽였을 거라고 짐작하고 있었다.

병원에서 그가 잘 해결했다는 말을 들었을 땐 그저 돈을 갚았다고 생각했었지만 형사들의 말을 듣는 순간, 박무찬이 그당시 한 말의 진짜 뜻을 알 수 있었다.

노해윤은 박무찬이 약간 어두운 구석은 있지만 착하고 똑똑하기만 한 줄 알고 있다.

하지만 고우니는 그녀의 오빠, 박무찬이 자신에겐 한없이 약하게 굴지만 무척이나 강하고 무서운 사람이라는 걸 알고 있었다.

그리고 리봉구를 이렇게 만든 범인도 박무찬일지 모른다는 생각도 들었다.

"아, 안 돼, 오빠!"

고우니는 리봉구를 보호하려는 듯 팔을 벌리고 박무찬을 막아섰다.

그녀는 생면부지의 리봉구를 위해 그런 행동을 한 것은 아니었다.

그저 박무찬의 무서운 면을 보면 자신이 버틸 수 없을 것 같아 한 행동이었다.

"바보야, 무슨 생각을 하는 거야?"

고우니의 머리를 가볍게 쥐어박은 박무찬은 리봉구에게 다가가 몇 군데 혈도를 짚었고 금세 출혈이 멈춘다.

"……."

"출혈이 너무 심하다. 지금 당장 수혈을 하지 않으면 이 사람 죽을지도 몰라."

"오, 오빠……. 난……."

안심하라는 듯 미소 짓고 있는 박무찬을 향해 자신이 한 행동에 스스로 놀란 고우니는 눈물을 떨구며 말을 잇지 못한다.

"괜찮아. 넌 잘한 거야."

떨고 있는 고우니를 박무찬은 꼭 안아주었다.

"내가 잠깐 이 사람을 볼 테니 넌 119에 전화하고, 혈액형을 알아봐."

우니의 떨림이 멈췄다고 생각하자 박무찬은 바로 해야 할 일을 지시했다.

"O형이야."

"나도 O형이니까, 일단 내 피를 수혈하자."

119에 전화를 하고 리봉구의 혈액형을 알려주자 그는 서랍장을 뒤져 헌혈에 사용되는 주사기를 꽂았고, 주먹을 쥐었다 폈다를 반복하자 헌혈 봉투엔 빨간 피가 차오른다.

고우니는 봉투에 다른 주사기를 꽂아 리봉구의 팔에 꽂는다.

"오, 오빠! 혈색이 돌아오고 있어."

리봉구를 계속 살피던 고우니는 서서히 생기를 되찾는 그의 모습에 기쁨에 소리친다. 그리고 그 순간 거친 빗소리를 뚫고 119 차량이 오는 소리가 들리자 박무찬은 그녀에게 말했다.

"우니야, 난 이곳에 없었어. 알았지?"

"응, 오빠."

"그리고 119 구급차 타고 병원에 도착하면 나에게 전화해. 그리로 갈 테니까."

몇 가지를 더 말한 박무찬을 깨진 창으로 사라졌고, 고우니
는 잠시 그가 사라진 곳을 바라보다 리봉구의 상태를 다시 살
핀다.

*　　*　　*

병실로 들어가자 우니는 책을 읽고 있었다.

"아직 안 깨어났어?"

"응. 선생님 말로는 사건 당시의 충격으로 한동안 안 깰 수
도 있대."

"깰 때까지 계속 있을 거야?"

금요일부터 벌써 이틀째 병실을 지키고 있는 우니였다.

굳이 그럴 필요 없다고 말해도 리봉구가 마치 아는 사람이
라도 되는 양 지극정성이다.

"응. 마치 내 환자 같아. 그리고 완전히 깨어나는 걸 봐야
내 마음이 편할 것 같아."

부모님과 할머니가 죽었을 때 아무것도 할 수 없었던 것이
트라우마처럼 남아 지금처럼 행동하는지 몰랐다.

그래서 난 더 이상 이 일로 왈가왈부하지 않았다.

"밥 먹고 와. 그동안 내가 지키고 있을게."

"알았어. 깨면 전화 줘."

"그럴게. 이왕이면 좀 쉬고 오고."

우니가 병실을 나간 후, 난 누워 있는 리봉구에게 말을 했다.

"깨어 있는 거 아니까 일어나요."

싸울 때에는 나도 모르게 반말이었지만, 그래도 일단 나보다 연상이기에 높임말을 사용하기로 했다.

우니 앞에서 계속 반말을 사용하면 건방지다는 소리를 들을지도 모르니까 말이다.

"널 속이는 건 무리였나?"

죽은 듯이 누워 있던 리봉구는 눈을 뜨고 날 향해 고개를 돌린다.

"내 목소리에 눈이 그렇게 움찔거리는데 모르는 게 이상하죠."

"참나, 한 번의 싸움에 두려움을 느끼게 됐나 보군. 그건 그렇고 날 죽이러 온 건가?"

"좀 전에 들어서 알고 있겠지만 그러고 싶어도 동생 때문에 불가능해요."

"킥킥! 날 베고 찌르던 그 사람이 맞나 의심이 될 정도의 말이군."

"아픔이 많은 아이거든요. 보기엔 강해 보여도 금이 심하게 간 유리 같아요. 그래서 당신은 살아야 해요."

"무슨 말인지 모르겠지만 차라리 죽여줬으면 좋겠어. 이렇게 움직이지 못하는 병신으로 살 바에야…"

"내가 혈을 막아뒀을 뿐이에요."

우니가 옆을 지키겠다는 걸 막지는 않았지만 혹시 모를 사태를 대비해 리봉구의 몸이 움직이지 않도록 만들었다.

"그 말은……?"

"맞습니다. 혈도만 풀면 지금 당장에라도 움직일 수 있죠. 리봉구 씨, 아니 재일교포 이강민 씨라고 불러야 하나요?"

"난 이강민이야! 다시 한 번 이외의 이름을 부른다면……."

"그러죠. 그리고 지금 나한테 협박을 하는 건가요?"

"…아니! 그저 부탁일 뿐이야. 내가 원래 말을 험악하게 해 오해를 받는 타입이지."

리봉구라는 말에 살기를 내뿜으려던 그는 내 말에 금세 꼬리를 내린다.

"이강민 씨는 앞으로 어떻게 할 생각이죠?"

"바로 한국을 떠날게. 두 번 다시 한국에 돌아오지 않겠어."

"나쁘지 않은 방법이네요. 하지만 떠나는 당신이야 좋겠지만 난 당신이 전해준 정보를 들은 킬러의 공격을 받겠죠. 그땐 제 주변 사람들은 더욱 곤란한 상황에 빠질 테고. 그럴 바에야 그냥 이대로 병원에 있는 편이 좋을 것 같네요."

"…저, 절대 자네에 대해선 한마디도 하지 않을 거야."

"글쎄요……."

난 말을 아꼈다.

계속해서 이런 저런 얘기를 하는데 마음에 드는 내용은 없었다.

사실 리봉구를 없애는 것이 가장 좋은 방법이었다. 아니면 지금처럼 평생 식물인간처럼 누워 있는 것도 나쁘진 않았다.

보내주자니 다음에 올 킬러가 걱정스러웠고, 이대로 두자니 우니가 마음에 걸렸다.

"일단 이 문제는 좀 더 생각해 보기로 하죠."

마땅히 결정을 내릴 수 없었기에 결국 뒤로 미뤄야 했다.

"그건 그렇고 섬을 운영하는 천외천 놈들에 대해 아는 게 있나요?"

"천외천? 조단성이 속한 조직 이름이 천외천인가?"

"섬 외의 일은 모르는 모양이네요?"

"그렇지. 섬에서만 지냈으니까."

"한데, 섬에 납치당했다면 그들에 대한 원한이 깊었을 텐데……."

"난 납치당한 게 아냐. 외화벌이로 팔려갔을 뿐이지."

"네? 팔려갔다고요?"

"그래. 난 말이지……."

리봉구는 담담하게 자신의 인생에 대해 말한다.

다섯 살 때부터 특수 훈련을 받기 시작한 그는 스무 살이 되기 전에 적수가 없을 정도로 강해졌다.

남파를 기다리던 그에게 떨어진 명령은 의외로 외화벌이

였다.

가벼운 마음으로 같이 훈련을 받던 열네 명과 함께 알 수 없는 곳에 도착했을 때 그들은 뿔뿔이 흩어져 섬으로 들어가게 되었고, 그때야 비로소 버려졌다는 걸 알 수 있었다.

그 후론 외화를 위해 살인을 하거나 당할 수밖에 없는 상황에 처한 것이다.

"…어쩔 수 없었어. 고향으로 돌아가기 위해 싸워야 했지. 한데 싸우며 세월이 흐르다 보니 조국에게서, 우릴 그곳으로 보낸 놈에게 버림받았다는 걸 알겠더군. A급 섬 하나를 완전히 없애버리자고 조단성 그놈이 나타났어. 내 동료들에 대해 물었더니 모두 죽고 나만 살아남았다더군. 그리고 자유를 줬지만 내가 거부했어."

"왜 거부했죠?"

"오직 강자와의 싸움을 통해 살아 있음을 느낄 때였거든. 그래서 다른 A급 섬을 가게 된 거지. 그 섬마저 박살 내버리자 널 죽여달라더군. 그래서 이곳에 왔어."

리봉구의 삶도 나의 삶과 다를 바 없었다. 약간이지만 동병상련이 느껴졌다.

그렇다고 날 죽이려 했던 자에게 자비심이 느껴지는 건 전혀 아니었다.

리봉구에게 천외천에 대해 뽑아낼 정보는 없어보였다.

"내가 간 후, 알아서 깨어나길 바랍니다. 경찰 조사도 있을 텐데 쓸데없는 말은 하지 않겠죠?"

"물론이지."

"어떤 말을 할 거죠."

"그냥 노상강도를 만났다고 할 거야."

"대학에서 노상강도라니 맞지 않습니다."

"그럼, 날 노리던 일본 야쿠자라고 하면 될까?"

괜찮은 생각이다.

"믿고 가죠. 그리고 내일부터 출근이라 어찌될지 모르니 화요일이나 수요일 저녁에 다시 들리죠. 그때 당신의 거취에 대해 다시 얘기합시다."

우니가 다가오는 게 느껴져 재빨리 말을 했고, 리봉구도 느 꼈는지 고개를 끄덕이곤 눈을 감았다.

"갔다 왔어."

"쉬고 오라니까 어지간히 말도 안 듣는다."

"헤헤. 내 환자를 오빠에게 맡길 수야 없지."

난 잠깐 우니와 얘기를 나눈 후 병원에서 나왔다.

그리고 1시간 후, 우니에게 리봉구가 깨어났다는 전화를 받았다.

*　　　*　　　*

새벽 5시, 옷장에서 잠에서 깨어난다.

이제 침대에서 자도 되지만 습관이 되어버려 여전히 옷장에 작은 매트리스를 깔고 생활한다.

지하실로 내려온 난 가볍게 스트레칭을 하며 몸을 풀고 본격적인 운동을 시작한다.

평소라면 걷기 수련이 먼저였지만 오늘은 6시 30분에 출근을 해야 했기에 근력 운동 위주였다.

팔굽혀펴기, 윗몸일으키기, 쪼그려 뛰기 등 내력은 사용하지 않고 오로지 근육의 힘만으로 하는 운동이었기에 땀은 근육들은 비명을 질러댄다.

40분간의 훈련에 온몸은 금세 땀으로 범벅이다.

근력 운동이 끝나면 바로 단검을 쥐고 섬에서 배운 각종 격투술을 펼친다.

3분간 쉴 새 없이 휘두른 후, 내력을 조금 끌어올려 온몸으로 보내기를 반복한다.

"헉! 헉!"

중간 중간 내력의 도움이 있었지만 폐는 지하실의 공기를 모두 끌어당길 듯이 헐떡거린다.

이때, 가볍게 지하실을 한 바퀴 돌며 걷기 수련을 하면 숨은 차분하게 돌아오고 쌓여 있던 피로는 말끔히 사라진다.

"욱! 땀 냄새!"

우니는 대학생이 되었지만 고등학교 때와 생활 패턴이 달라진 건 없었다.

거실에서 우유를 마시던 그녀는 코를 잡고 인상을 쓴다.

"좋은 아침, 우니야!"

"저, 저리가! 아악! 떨어져~"

땀이 흠뻑 젖은 채로 소파에 앉아 있는 우니를 뒤에서 꾸욱 껴안자 기겁을 한다.

그리고 들고 있던 유리잔을 던질 기세에 후다닥 도망쳐 샤워실로 향했다.

샤워를 마치고 평소보다 빠른 아침 식사를 한 후 정진증권으로 나갈 준비를 했다.

"그러고 있으니 나이 들어 보인다."

"좀 그렇지?"

양복에 넥타이를 매고 헤어 젤로 머리까지 만지고 나니 내가 봐도 나이가 들어 보였다.

불곰이 날 형님이라고 부르고 이유를 알게 된 것 같아 언짢았다.

그런데 역시나 우니도 같은 말을 한다.

"근데 멋져. 해윤이가 긴장하겠는데."

"하하! 당장 벗고 싶었는데 네 말에 조금 용기가 생긴다. 한데 진짜 안 갈 거야?"

난 방학을 한 우니에게 여행을 가라고 권했다. 하지만 해윤은 싫다고 했다.

"응. 가고 싶어지면 말할 테니까 걱정 마."

"알았다. 일 있으면 바로 연락해. 차는 네가 쓰고."

우니는 대학생이 되고, 사채업자 김만구가 죽었다는 사실을 안 다음엔 처음 봤을 때에 비해 한결 좋아졌다. 하지만 여전히 나를 제외한 다른 사람들과 정을 못 붙이는 걸 보면 안타까웠다.

'차츰 나아지겠지' 라는 생각을 하며 길을 나선다.

정진증권 본사로 간다면 택시를 타야 했지만 두 선배가 인턴 생활을 할 곳은 우리 집과 가까운 압구정 지점이었기에 15분 정도 걸어서 도착 가능했다.

7시. 지점자체는 문이 닫혀 있었지만 직원들이 드나드는 문의 초인종을 누르자 무슨 일로 왔냐는 물음이 돌아왔다.

"오늘부터 이곳으로 출근하게 된 대한대학교 투자 학술회 소속의 박무찬입니다.

—아… 얘기 들었어요. 한데 생각보다 일찍 왔군요. 잠깐만요.

잠이 들깬 남자의 목소리에서 약간의 짜증스러움이 느껴졌지만 신경 쓰지 않았다.

반 협박(?)에 시작한 일이지만 난 최대한 내 이익을 위해 움직일 생각이었다.

"저쪽 방에서 기다리면 될 거예요. 그리고 다용도실에 마실 것 있으니 알아서 마시고요. 참, 지정된 컴퓨터 외에는 절대 만져선 안 돼요!"

"알겠습니다."

살짝 구겨진 와이셔츠와 풀어진 넥타이, 피곤 어린 사내의 눈이 당직을 섰다는 걸 보여준다.

빠르게 할 말을 마친 그는 화장실로 보이는 곳으로 향했고, 난 다용도실에 들러 커피를 타 지정된 방으로 들어갔다.

투자 학술회를 맞이하기 위해 방을 새로 꾸몄는지 깔끔했고, 5대의 컴퓨터와 10대의 모니터가 놓여 있음에도 회의를 할 수 있는 테이블과 소파까지 배치할 만큼 넓었다.

난 테이블에 앉아 어제 구매한 태블릿 PC를 가방에서 꺼냈다. 그리고 트레이닝 프로그램에 접속해 7시 30분이 되길 기다렸다.

새벽에 도착한 VVIP 클럽 아가씨들의 정보 중 내가 투자한 주식의 가치가 더 오를 것이라는 정보가 있어서 '시간외 매매'를 할 생각이었다.

정규 매매 시간대인 오전 9시부터 오후 3시까지를 제외하고 오전 7시 30분부터 8시 30분까지, 오후 3시 10분부터 6시까지 거래가 가능했다.

주식 매수 주문을 마쳤을 때 문을 열고 30대 중반쯤 되어 보이는 단정한 차림의 남자가 사무실 문을 열고 들어왔다.

"좋은 아침. 나보다 일찍 나온 친구가 있었군."

"안녕하세요, 박무찬입니다."

"아하! 이곳에 오기 싫다던 1학년 학생?"

"네."

"하하하! 싫다던 친구가 이렇게 일찍 온 걸 보니 생각이 바뀐 건가?"

"아뇨. 하지만 하기로 했으면 최선을 다해야 한다고 생각했어요."

"좋은 생각이네. 한데, 살 만한 주식이 있었어?"

남자는 내 태블릿 PC를 유심히 살핀다.

"저… 누구신지?"

"이런 내 정신 좀 봐! 미안, 미안. 난 두 달간 같이 생활 할 김기덕이야. 정진증권 본사에서 나도 이곳으로 파견 나왔어. 올해 서른다섯이니 말 편하게 할게."

"그러세요. 저도 그 편이 좋아요."

서글서글한 인상의 김기덕은 성격도 모난 곳 없이 좋아 보였다.

하지만 한태국과 황선동의 인턴 과정을 담당하기 위해 온 그가 첫인상과 같을 지는 두고 볼 일이었다.

8시가 넘자 한태국, 황선동, 노해윤이 거의 동시에 들어왔다.

선배들의 정장 입은 모습을 처음 봐서인지 약간 어색하긴 했지만 오전의 거울 속 내 모습보단 나아 보였다.

그리고 정장 스타일이 가장 잘 어울리는 이는 해윤이었다.

차이나 카라를 가진 셔츠 스타일의 블라우스를 입고, 하체를 길어 보이게 만드는 검은 색 치마를 입은 해윤은 귀여움과 성숙함이 혼재된 느낌이다.

"잘 어울린다."

한태국과 황선동의 커피를 타러 다용도실에 온 나와 해윤.

난 해윤을 보고 엄지를 올렸다.

"진짜? 난 어색해 죽겠어. 네 정장 입은 모습을 보니 더 초라해지는 것 같아."

"엥? 나도 나이 들어 보이고 어색한 걸."

"아냐. 넌 정말 양복이 잘 어울려. 마치 모델 같아."

"그… 래?"

해윤이 거짓말을 하는 것 같진 않았다. 그러고 보니 서미혜도 경호원을 할 때 양복 입은 내 모습이 잘 어울린다고 말했었다.

내가 보는 나와 다른 사람이 보는 나는 아무래도 다른 모양이다.

"어? 이마에 그 상처는 뭐야?"

왼쪽 이마에서 눈으로 내려오는 상처 때문에 항상 머리카락을 내려서 다녔었다.

그래서 해윤은 내 상처를 처음 본 것이다.

"별거 아냐."

"많이 아팠겠다."

안쓰러운 표정으로 팔을 들어 상처를 어루만지는 해윤. 흠칫 놀랐지만 피하지 않았다.

그리고 그녀의 손이 닿자 마치 상처가 사르르 사라지는 느낌이 든다.

이대로 계속 있고 싶었지만 다용도실로 누군가 다가오는 게 느껴져 고개를 돌리고 커피를 들었다.

"어서 들어가자. 김기덕 씨 왔겠다."

김기덕은 지점장과 얘기를 한다며 잠깐 자리를 비웠고, 그 틈에 커피를 가지러 온 것이었다.

아니나 다를까 그는 이미 우리 사무실에 돌아와 있었다.

"다 왔으니 얘기를 해볼까요? 커피 마시면서 편하게 들어요. 개인적으로는 이미 인사를 했지만 정식으로 다시 하겠습니다. 앞으로 약 7주간 여러분과 함께 하게 된 김기덕 팀장입니다."

짝짝짝짝!

"원래 인턴 교육은 1주차 때 정진그룹 입문 교육을, 2주차 때 정진증권 입문 교육, 그리고 부서 실습을 해야 하지만… 여러분에게는 필요 없어요. 투자 학술회던가요? 그곳에서 하던 대로 하면 됩니다. 난 팀장이라는 직급만 가졌을 뿐 그저 여러분을 지켜보고 간단한 조언이나 필요한 걸 구해주는 비서라고 생각하면 될 거예요. 질문 있나요?"

"출퇴근은 어떻게 해야 하나요?"

내가 방학 동안 정진증권에서 일하기로 하면서 내건 조건은 자유로운 퇴근이었다. 그 조건이 김기덕에게 제대로 전달되었는지를 확인해야 했다.

"한태국 씨와 황선동 씨는 인턴이니까 여기 지점의 출퇴근 시간을 맞추면 되고, 박무찬 씨와 노해윤 씨는 업무에 지장이 없는 한 자유입니다. 다른 질문은⋯⋯? 없으면 활기차게 하루 일과를 시작해 볼까요?"

"네~!"

"그럼, 가장 먼저 할 일은 앞으로 7주간 이곳 지점에 신세를 지게 되었으니 인사를 드려야겠죠? 인사하러 갑시다."

지점은 신규 고객 유치와 상담, 고객 관리 및 서비스를 주로 담당했기에 정규직을 제외하고 파견직 사원도 꽤 많았다.

일일이 인사를 하고 사무실로 돌아온 우리는 본격적인 업무에 들어가기 시작했다.

달라진 건 사무실이 바뀌고 김기덕이 옆에 있다는 것뿐이었는데 회의는 시작부터 삐걱거린다.

"리스크가 높아."

"내 생각도 그래. 화성건설이 베트남에 대규모 건설을 수주 받았을 가능성이 너무 낮거든. 경쟁업체가 미지건설과 쌍웅건설, 론트건설 등 국내외를 통틀어 최고의 건설사들이야."

"하지만 화성건설 사장이 무척이나 자신 있는 듯 얘기했다고 했어요."

"글쎄 대부분의 사장들이 자신의 업체가 될 것이라 생각하고 경쟁하는 거 아닌가?"

"그래. 일단 이 정보는 넘어가도록 하자."

"…알겠어요. 그럼, 이번 정보에 대한 투자는 없는 걸로 하죠. 다음으로 코스닥 기업인 마루 테크놀로지가 LED 디스플레이의 핵심기술과 응용기술을 개발해 중국의 중신전자에 3억불 이상의 수출 계약을 한다는 정보예요."

"사실이라면 주식 값이 요동치겠는데……. 일단 정보를 찾아보자."

한태국의 말에 일제히 컴퓨터를 검색한다.

난 별도로 태블릿 PC를 열어 화성건설 주식을 사들였다.

두 선배가 내 정보에 대해 동아리실에서와는 달리 깊게 파고들고 고민하는 이유는 이해가 되었다.

노찬성 회장이 100억 원의 투자금액을 사용할 수 있게 했으니 기껏해야 몇 천만 원 투자하던 둘이 신중해질 수밖에 없었다.

하지만 난 내 생각대로 투자를 하기로 했다.

"잠깐 나 좀 볼까?"

김기덕이 작은 목소리로 날 부른다. 그를 따라가니 옥상이다.

"피나?"

"아뇨."

그가 권하는 담배를 거절했다. 김기덕은 담배에 불을 붙이곤 묻는다.

"화성건설에 대한 것 말인데, 넌 투자하면서 왜 더 적극적으로 권하지 않는 거지?"

"권해봐야 지금은 마찬가지 결론이 나올 테니까요."

"어떻게 말해도 한태국, 황선동 두 사람은 투자할 생각이 없다는 말이야?"

"네. 아마 학교에서 말했다면 투자를 했겠죠. 하지만 이곳이 자신의 직장이 될 곳이라는 생각과 100억이라는 남의 돈이 선배들을 신중하게 만든 거죠."

"그럴 수도 있겠지. 하지만 이 업계에서 일하려면 신중함도 좋지만 배짱도 있어야 할 텐데……."

"곧 그렇게 되겠죠. 똑똑한 선배들이라 며칠 지나지 않아 깨달을 거예요."

난 차분히 두 선배에 대한 내 의견을 말했다.

"그래? 지켜봐야겠네. 한데 넌 100억이라는 돈이 무섭지 않아?"

"혹시, 저에 대해 노찬성 회장님께 들은 얘기는 없었어요?"

"…없어. 난 그저 위에서 시키니까 하는 일일 뿐이야."

약간의 멈칫함과 군은 표정이 거짓이라고 말해준다. 하지만 김기덕을 곤란하게 만들고 싶지는 않았다.

"뭐, 어쨌든 제 생각엔 100억이 노찬성 회장님 돈 같거든요. 만일 그렇다면 그냥 100억을 싹 날려 버리고 싶어요. 그러니 그 돈을 무서워할 이유가 없죠."

"회장님을 미워하나?"

"아뇨. 밉기보단 얄밉죠. 은근히 사람을 부려먹는 재주가 있거든요. 그리고……."

내가 노찬성 회장에 대해 이런저런 흉을 봤지만 김기덕은 이렇다 할 말은 없었지만 어린놈이 겁도 없이 그룹의 회장을 흉본다는 표정이 역력하다.

"더 하실 말씀 없으면 내려가죠. 회의 중에 올라온 거라 기다리겠네요."

"그러지. 참! 나도 화성건설에 대해 투자를 해도 될까?"

"개인적으로요?"

"당연하지. 아까 말했지만 난 7주간 비서역할만 하면 되거든."

"그럼, 마음대로 하세요. 7주간은 팀장이시잖아요."

"하하하! 그래. 팀장이든 비서든 한 식구니까."

"그래요. 식구잖아요."

김기덕이 노찬성 회장이 보낸 사람이라면 평범한 사람은 아닐 것이다.

그가 내 정보를 어떻게 받아들이냐가 나의 투자에도 도움이 된다.

누이 좋고, 매부 좋고.

역시 식구끼리 해먹는 거다.

9장

인맥

정진증권에서 퇴근을 한 후 리봉구를 찾았다.

그는 나에게 특이한 제안을 해왔다.

"내가 한국에 머물며 계속 천외천이 의뢰한 일을 하는 것처럼 할게. 혹시 놈들이 눈치를 채 다른 킬러를 보낼 경우는 우니의 경호원 역할도 해주지."

나쁘지 않은 제안이다. 하지만 전제 조건이 리봉구를 믿어야 한다는 것이다.

한데, 우니?

아무리 우니가 생명의 은인이고 병실에 자주 들락거렸다고 해도 이렇게 친근하게 우니라고 부를 정도로 친해졌단 말인가?

"고양이에게 생선을 맡기라는 말인가요?"

"내가 우니를 어떻게 할까 봐 그러나? 절대! 그런 일은 없을 거야."

"글쎄요……."

"내 마음을 보여줄 수도 없고 미치겠군."

표정, 말투, 눈빛, 모든 게 거짓이 아니라고 말하고 있었지만 우니의 생명이 걸린 일이라 신중할 수밖에 없었다.

"마음을 보여줄 수도 있죠."

"어떻게? 그런 방법이 있나?"

"최면에 걸려주면 가능하죠."

극히 짧은 순간 거는 최면이 아니고서는 리봉구처럼 내공을 지니고 있고, 정신이 올바른 사람에게 깊은 최면을 거는 방법은 대략 두 가지다.

하나는 죽음의 공포와 그에 준하는 정신적 충격을 줘 최면을 거는 방법이고, 다른 한 가지는 피최면인의 마음의 문을 여는 것이다.

"그, 그건……."

"싫으면 관두세요. 내 나름대로 생각한 것이 있으……."

"할게! 한다고!"

한국에 남아 있어야 할 절박함이라도 있는 건가?

이제 오히려 내가 그의 속마음이 궁금해졌다.

"마음을 편하게 먹고 내 손을 봐요. 뭘 그리고 있죠?"

"그저 손을 흔드는 것처럼 보일 뿐이야. 굳이 말하자면 뱀?"

"이건 몸에 흐르는 기의 흐름이에요. 당신은 그저 기만 모았을 뿐, 이 흐름을 모르죠. 이 흐름을 알게 된다면 몇 배는 강해질 거예요."

"그래⋯⋯?"

손가락을 움직임에 집중을 시작하자 금세 최면에 빠진다.

"이름이 이강민인가요?"

"응⋯ 아니. 리봉구야."

"국적이 어디죠?"

"조선민주주의인민공화국."

여러 가지 질문을 통해 그가 진짜로 최면에 빠졌다는 걸 확인한 나는 본격적으로 알고자 하던 바를 물었다.

"왜 한국에 머물기 바라는 거죠?"

"그, 그건⋯⋯."

"괜찮아요. 속마음을 털어놔야 머물 수 있으니까. 간절히 바란다면 이유를 말해봐요."

"갈 곳이 없어. 그리고 우, 우니를 지켜주고 싶어."

우니를 지켜주고 싶다? 도대체 병실에서 둘이 어떤 얘기를 주고받은 거야?

"우니를 왜 지켜주고 싶다 생각한 거죠?"

"그녀는 나와 비슷한 아픔을 겪었어. 버림받고, 사랑하는 이를 잃고 혼자가 되어버렸지. 그래서 내가 옆에서 지켜주고 싶어졌어."

"우니가 바란 겁니까?"

"아니, 우니는 내가 곧 일본으로 돌아갈 줄 알고 있어."

그가 한국에 있고자 하는 이유와 우니의 경호원이 되겠다는 말한 것이 우니 때문이라니……

우니를 보고 반하기라도 했다는 말인가?

"당신이 우니를 죽이려 하는 순간, 다시 최면에 빠질 겁니다. 그리고 자기혐오에 빠져 스스로 목숨을 끊게 될 거예요. 기억하시길."

암시를 해두고 최면을 풀었다. 그리고 아무것도 기억하지 못하는 그에게 말했다.

"당신의 말을 받아들이죠."

"정말? 몇 가지 조건이 있는데……"

"들어줄 수 있는 건 해드리죠."

"살 곳이 필요해. 그리고 간혹 나와 대련을 해주면 좋겠어."

"그러죠. 대신 천외천에 대해 최대한 알아봐줘야 한다는 조건으로."

"그렇게 하지."

난 리봉구의 혈도를 모두 풀어주었다.

"신기하군. 꼭 배우고 싶은 기술인데… 안 가르쳐 줄 것 같네."

이리저리 몸을 움직이면서 애원의 눈빛을 보냈지만 난 무시했다.

날 위협할 만한 사람은 그게 친구든, 적이든 적을수록 좋았다.

"참, 조건이 하나 더 있어. 날 이강민으로 불러줘."

"어렵지 않은 일이네요. 그렇게 하죠. 이강민 씨."

굳이 싫다는 이름을 부를 필요는 없었기에 흔쾌히 수락했다.

얘기를 마치고 가려는데 병실로 누군가 다가오는 사람이 있었다.

우니였다.

"까꿍! 봉구 오빠. 오빠가 좋아하는 평양냉면 사왔……. 찬이 오빠도 있었네."

까꿍?

봉구 오빠?

난 리봉구라고 부르지 말라고 하던 리봉구와 평양냉면이 담긴 봉지를 들고 어정쩡하게 들고 있는 우니를 번갈아 봤다.

"봉구 오빠가 몸을 못 움직이잖아. 그래서 먹고 싶다는 게 있어서 사왔어."

우니는 주뼛거리며 변명을 한다.

"이제 정상인처럼 움직이거든! 안 그래요, 봉구 씨?"

"하, 하. 우니야, 조금 전부터 몸이 움직이기 시작했어."

"어머! 축하해요, 오빠. 그럼 어서 이거 먹어 봐요. 찬이 오빠도 이거 먹어."

자신이 먹으려고 사 온 몫을 나에게 건네는 우니.

두 사람의 하는 양이 왠지 눈에 거슬리긴 했지만 우니가 나 이외의 사람에게 진심으로 대하는 모습은 보기 좋았다.

"아냐. 난 약속이 있어서 지금 가 봐야 해. 너한테 저녁 먹으라고 전화하려 했는데 같이 먹을 사람이 있어 다행이다. 그리고 봉구 씨, 잘 움직이게 된 몸 잘 관리하세요. 잘못하면 평생 못 움직일 수 있어요."

"무, 물론이지."

가볍게 리봉구를 협박하고 병실에서 나왔다.

우니의 일에 괜한 간섭을 한 게 아닐까 하는 생각이 들었지만 '오빠니까' 라는 말로 위안을 삼는다.

병원을 나와 향한 곳은 미네르바 호텔이었다.

하루를 치료하기엔 그녀의 가게는 너무 불편했기에 평생 무료숙박권이 있는 이곳을 치료 장소로 잡았다.

"우와!"

"놀릴 생각이라면 제발 참아줘."

룸으로 들어가자 정장차림의 날 보는 하루의 눈이 초승달처럼 휘어진다.

"풉! 당장 호스트로 나가도 될 것 같은데, 내가 소개시켜 줘?"

"상처투성이 호스트를 누가 좋아하겠어. 농담 그만하고 식사나 시킬까?"

넥타이와 윗옷을 벗어 한쪽으로 던진 후 하루의 맞은편 의자에 앉았다.

"재미없긴……. 연인과 함께 하는 회사 생활은 어때?"

"겨우 이틀쨌데, 뭐. 그리고 데이트하자는 거 겨우 달래고 나왔어."

"한창 때잖아."

사귀기로 한 다음부터 함께하는 시간은 꽤 늘었다.

그럼에도 해윤은 부족했는지 24시간 붙어 있으려 했다.

오늘도 이틀간 데이트하기로 약속을 한 후에야 빠져나올 수 있었다.

주문한 룸서비스가 도착한 탓에 우리는 식사를 하며 얘기를 계속했다.

"참, 유라가 언제쯤 끝나는 건지 궁금한 모양이더라."

"나한테는 그런 말이 없었는데?"

"직접 말하긴 부담스러웠겠지. 넌 평범한 대학생이 아니라 위준이잖아."

"그럴 수도 있겠네."

위협을 할 생각이 없음에도 나라는 이유로 상대가 겁을 먹을 수 있었기에 고개를 끄덕이며 수긍을 했다.

"유라가 요즘 뜨고 있잖아. 한데 신수호가 시도 때도 없이 달라붙나 봐. 그나마 삼 주 뒤에 애인과 여행 간다고 한 달 정도 떨어져 있을 모양이던데……."

"잠깐! 신수호가 한 달간 여행을 간다고?"

"응. 유라가 그러던데."

신수호에게 한 달간 달콤한 시간을 보내게 할 생각은 추호도 없었다.

"여행 전에 끝내야겠어."

"유라가 좋아하겠다. 그리고 무찬아."

"응?"

"인상 펴. 신수호와 어떤 관계인지는 몰라도 지금 너, 무서워."

하루의 길고 하얀 손이 얼굴을 부드럽게 감싼다.

신수호를 생각하자 나도 모르게 얼굴이 딱딱하게 굳으며 살기를 발한 것이다.

"미안, 괜찮아."

"호호호호!"

난 하루가 보란 듯이 씨익 웃어 보였다. 한데 그녀가 얼굴을 감싸 쥐고 있어 내 생각과는 다르게 우스운 꼴이 되었는지 하루는 신나게 웃는다.

잠시 후 웃음을 멈추더니 내 옆으로 다가온다.

그리고 무릎 위로 올라앉으며 따뜻한 입술로 입맞춤을 한다.

길고 긴 입맞춤은 이성을 마비시키고 본능을 깨운다. 손은 거침없이 움직이며 그녀의 몸 구석구석을 유린했고, 우리는 서서히 알몸이 되어간다.

"무찬아, 우리 사귈까? 두 번째든 세 번째든 난 상관없어."

"……."

아무 말도 하지 않았다.

내 가슴엔 한 사람이 들어올 곳도 부족했다. 그리고 하루가 지금 하는 말은 스스로에게 상처를 내는 말이었다.

"히! 농담이야. 대신 오늘은 치료를 한다고 생각하지 말고 애인처럼 안아줄래?"

연기력이 딸리는 하루였다.

난 고개를 끄덕이고 상처 입은 하루에게 키스했다.

내가 살기를 느끼는 감각보다 여자의 육감은 더욱 무서웠다.

하루의 치료는 끝이 나고 있었다.

음양교합법에 대한 머리의 기억을 지우고, 섹스를 하며 몸의 혈도를 자극해 몸의 기억도 지웠다.

여전히 남들보다 흡입력이 강했지만 그저 특별한 정도에 불과했기에 남자를 사귀는 데도 문제가 없었다.

그래서 오늘을 마지막으로 하루와의 관계에서 비즈니스는 남겨두고 섹스는 빼기로 마음을 먹었는데 그걸 눈치 챈 것 같았다.

길게 질질 끌수록 더 많은 상처가 남을 뿐이라 생각했다.

나와 하루는 몇 번이고 서로를 불태우며 마지막을 향해 달린다.

*　　*　　*

오늘은 뭐 먹지?

점심시간이 다가오면 가장 큰 고민거리는 무얼 먹을까가 아닐까?

학교에선 그냥 학생식당에서 그날의 메뉴를 먹으면 편했다. 하지만 직장에 다니니 갑자기 점심 메뉴에 대해 고민하게 된다.

"여름이 다가오니 삼계탕이 좋지 않아?"

김기덕 팀장이 삼계탕을 권한다.

"너무 더워요. 시원한 물냉면 어때요?"

황선동은 냉면을.

"이열치열이라고, 얼큰한 해장국이 나을 것 같은데요."

한태국은 해장국을.

"요 앞에 있는 시원한 패밀리 레스토랑에서 점심 특선이나 먹어요."

"그, 그럴까? 그게 좋겠다!"

"……."

노해윤은 샐러드 바를 원했고, 그에 비해 삼계탕을 원하던 김기덕 팀장은 힘없는 회사원답게 해윤의 말에 찬성표를 던진다.

한태국과 황선동은 나에게 구원해 달라는 눈빛을 보낸다.

해윤은 내 말이라면 토를 달지 않았기에 다른 메뉴를 말하라는 눈빛이었다.

하지만 메뉴를 생각하기 귀찮은 나로선 그냥 따라가는 게 최선이었다.

"패밀리 레스토랑으로 가요."

"…나쁜 놈."

어제 술을 잔뜩 마신 한태국이 날 욕한다.

물론, 한마디 중얼거리자 곧 입을 닫았지만 말이다.

"빵이나 먹을까?"

12시 점심시간보다 10분 먼저 나왔지만 이미 거리는 많은 직장인들로 붐비고 있었다.

"이번에 새로 나온 차입니다. 연비 좋고, 가격 좋습니다. 연락주시면 찾아뵙고 자세히 설명해 드립니다."

양복을 입고 자동차 팸플릿을 사람들에게 나눠주는 남자가 우리 일행을 보고 다가온다.

익숙한 얼굴.

"이번에 새로 나온 차……."

막 팸플릿을 건네며 반복적인 말을 하려는 그의 이름을 불렀다.

"문준!"

"예… 어? 박무찬?"

"반갑다. 한데 너, 대학 다닌다고 하지 않았냐?"

"아, 그게……. 그렇게 됐다. 쩝! 한데 넌 취직했냐?"

작년 고교 동창회에서 만나 나에게 쓴 소리를 뱉던 문준이었다.

얼떨떨해하던 그는 곧 날 알아보고 반갑게 인사한다.

"네 말 듣고 열심히 사는 중이다."

"자식, 그땐 내가 많이 취해서 헛소리 했다. 미안하다."

"뼈와 살이 되는 좋은 얘기였다. 하하!"

"그렇게 말해주니 고맙네. 밥 먹으러 가니?"

"응."

"회사가 이 근처인가 보네? 나도 근처니까 언제 밥이나 먹자."

"언제는 무슨, 지금 먹으면 되지."

난 일행들에게 친구와 밥을 먹겠다고 말하고, 그를 데리고 삼계탕 집으로 향했다.

점심으로는 역시 샐러드 바보다는 삼계탕이 좋았다.

북적이는 삼계탕 집엔 다행히 두 자리는 있었다. 자리에 앉으며 얘기를 다시 시작한다.

　"잘 지냈냐?"

　"뭐…… . 넌 어디에 취직한 거야?"

　문준은 자신의 얘기는 피하려 했다. 각자마다 사정이 있게 마련이니 굳이 캐묻지 않았다.

　"방학 동안 아르바이트하는 거야."

　설명하자면 길었기에 간단히 말했다.

　"방학? 학교 다녀?"

　"응. 운 좋게 대학교에 다닌다."

　"어디 대학?"

　"대한대학교."

　"대한대학교…… ? 자식, 여전히 대단하구나!"

　부러움, 자격지심이 섞인 묘한 축하였다. 난 그저 가볍게 웃으며 축하를 받았다.

　인생은 길었고 나중에 내가 문준에게 그처럼 축하 인사를 할 수도 있는 일이었다.

　음식 나올 때까지는 아직 시간이 남았음에도 불구하고 더 이상 할 말이 없다.

　어색함을 떨치기 위해 생각을 쥐어짜 질문을 만들어낸다.

　"너도 방학 동안 아르바이트?"

　"아니, 직장이야."

"군대는?"

그리고 보니 문준이 군대를 간다는 얘기를 동창회 때 들었었다.

"쩝! 면제 받았다."

군대를 면제 받았다는 건 남자들에게 엄청나게 기쁜 일이다.

물론, 정당하지 못할 땐 타인의 시선을 감내해야 하겠지만 말이다.

한데 문준은 오히려 아프다는 표정이 역력하다.

면제의 종류는 많지만 1급 현역 판정을 받은 사람이 군대에서 면제되는 경우는 드물었다.

면제, 학교를 그만두고 직장을 다니는 것, 이 두 가지만 놓고 봐도 대략 상황이 짐작됐다.

"먹자."

때마침 삼계탕이 나와 다행이었다.

우리는 다리를 꼬고 얌전히 국물에 빠져 있는 닭을 말없이 먹어치운다.

"내가 낼게."

"됐어. 그때 좋은 말해준 값은 해야지. 커피나 한잔하자."

카드를 꺼내려는 문준을 밀치고 계산을 한 후 밖으로 나왔다.

그리고 작은 승합차를 개조해 만든 커피점에서 아이스커

피를 두 잔 산다.

"잘 마실게."

"돈 많은 놈이 삼계탕에 길거리 커피 샀다고 욕이나 하지 마라."

"큭큭! 어찌 알았냐? 소문내려고 했는데."

"딱 보니까 알겠다. 짜샤! 근데, 차 한 대 팔면 많이 남냐?"

난 그의 옆에 있는 팸플릿을 살펴보며 물었다.

"그럭저럭."

"월급제?"

"아니, 판매수당으로 먹고 산다."

"많이 팔았냐?"

"알음알음. 요즘 경기가 안 좋잖아?"

경기는 안 좋은 사람만 안 좋다.

"하나 찍어봐라."

"뭘?"

"난 차 있는데 동생한테 하나 주려고. 간혹 나도 빌려 타야 하니까 어디 가서 안 밀릴 정도로 괜찮은 놈으로다가."

"됐어, 새꺄!"

자존심이 상한 건가?

하지만 웃기는 소리다. 난 딱딱한 빵 한 조각에도 빌어본 놈이었다.

한 번 더 물어보고 거부하면 그땐 내가 쓴소리를 해줄 작정이다.

"절세의 수단이다. 세금 낼 돈으로 사는 거니까 내 걱정은 말고 찍어."

잠깐 망설이던 문준은 작지만 퉁명스럽게 말을 뱉는다.

"지랄······. 여긴 싸구려뿐이야. 이왕 살 거면 더 비싼 걸로 사라."

"킥킥! 이제야 문준이 답네."

"그러냐? 큭큭큭!"

"그래! 하하하!"

"그럼 차 살 사람 있으면 소개 좀 시켜주라."

"당연하지. 그러지 말고 나한테 계약서하고 차에 대해 설명 좀 해봐라."

"왜?"

"그동안 내 인맥이 어느 정도 되는지 알아보려고 그런다."

소개시켜줄 사람은 많았다. 그러나 생각해보니 소개시켜주기엔 부담스러운 사람들이 더 많았다.

난 아예 문준이 일하는 매장에 들러 모든 종류의 팸플릿과 계약서를 받아 사무실로 돌아왔다.

내 인맥 중 가장 가까이에 있는 사람은 당연히 한태국과 황선동.

점심이 마음에 안 들었는지 썩은 얼굴을 하고 커피를 마시는 두 사람에게 다가가 말을 걸었다.

"점심 맛있게 먹었어요?"

"의리 없는 시끼! 술에 속이 엉망인 상태에서 넌 느끼한 것들이 넘어가겠냐?"

한태국의 날선 목소리가 돌아온다.

"다 형들을 위해 그러는 거예요."

"우릴 위한 거라고?"

"네."

"참내, 뚫린 입이라고 잘도 지껄이는구나. 맞아봐야 니가 정신을 차리지?"

"형들 여자 친구 만날 때도 맨날 형들이 좋아하는 곳만 가죠?"

"아니거든! 걔가 얼마나 나랑 입맛이 똑같은데……."

"아니거든요. 그냥 형한테 맞춰주는 거예요."

"걔가… 뭐라 하든?"

때릴 듯이 다가오던 한태국은 손을 내리며 은근히 물어온다.

한태국의 여자 친구는 VVIP클럽 아가씨의 학교 친구였다.

물론, 내가 그 여자에게 무슨 말을 듣거나 친구를 통해 들은 적은 없었다. 다만 한태국의 스타일을 너무 잘 알고 있기에 한 소리였다.

"오래 사귈 생각이면 좀 챙겨줘요. 상대를 배려할 줄 알아야 해요."

나도 못하는 일이다.

하지만 대부분의 남자들은 여자가 좋아할 만한 것에 대해 알고 있다.

그저 능력이 안 돼서, 자신의 성격이 맞지 않아서, 행동으로 표현하지 않아서, 여러 가지 이유로 못할 뿐이었다.

난 이런저런 얘기를 하며 한태국이 내 말에 빠져들도록 만들었다.

그리고 됐다 싶을 때 본격적인 말을 꺼냈다.

"형 안에 새로운 매력을 보여줘요. 가령, 지금까지는 미래의 가능성이 있는 남자의 모습을 보여줬다면 이제는 능력을 보여줘요."

"자세히 말해봐."

"대한대학교의 학생이 아니라 정진증권의 증권맨이라는 걸 보여주란 말이죠."

"그러니까 어떻게?

"자! 올여름 휴가 때 여친을 차에 태우고 바닷가 한 번 돌아보세요. 형을 보는 눈이 달라질 거예요."

"…너, 지금 나한테 차 파냐?'

내 말의 힘에 깊숙이 빠져들었던 한태국은 현실 앞에 제정신으로 돌아왔다.

"아직 너한테 꾼 돈도 못 갚았는데 차는 무슨…… 아무리 친구가 차를 판다지만 선배한테 차를 떠넘기려 하다니. 에라,

이놈아!"

역시 남의 돈 먹는 건 싫지 않는 일이다. 하지만 포기하지 않고 방법을 바꿨다.

"형을 위해 한 말인데 싫으면 관둬요. 그리고 할부로 사면 얼마 하지도 않거든요."

"할부는 돈이 아니냐?"

"그 정도 능력은 있잖아요. 아깝네요. 바닷가에 갔다가 으슥한 곳에 차를 세우고 그 안에서 벌이는… 죽이는데……."

"…뭐? 카… 섹……."

"됐습니다. 그냥 여관에서 하세요."

미끼를 투척하고 물러났다. 지금이 아니라도 생각나면 나에게 물어볼 것이다.

한데 미끼는 엉뚱한 황선동이 물었다.

"무찬아, 그 차 얼마나 하냐?"

"3천 정도 돼요. 형이라면 일단 선금 천이나 천오백 내시고 할부로 하시면 크게 부담 없으실 것 같은데요."

투자를 같이 하면서 그가 가지고 있는 돈에 대해선 훤했다.

"그래?"

"주식이라는 게 잘 됐다가도 떨어지면 다 까먹잖아요. 그럴 바에는 여유 있을 때 구입하는 게 좋죠."

"그렇겠지? 그냥 투자 실패했다고 생각하면 되고 말이지."

"유지비는 국산과 비슷해요. 세금, 보험료, 기름 값은 거의 차이가 없고, 고장 났을 때 부품 값이 비싸다곤 하지만 보증 기간이 3년이라 꽤 탈만 하죠."

"음……."

"생각해 보고 말해주세요. 서비스는 최대한 받도록 해드릴 테니까."

강제로 팔 생각은 없었다. 괜스레 인간관계가 나빠질 수도 있는 일이었다.

그저 좀 더 강하게 권유하는 것뿐이었다.

"알았다. 한데… 진짜 좋냐?"

카섹스에 대해 은근히 묻는 황선동.

글쎄 나도 해본 적이 없어서 모르겠다. 하지만 이미 뱉어 놓은 말이 있으니 답은 해야 했다.

"죽여요!"

자세가 불편해 죽을지, 좋아 죽을지는 두고 볼 일이었다.

황선동은 결국 차를 사기로 했다.

그가 계약서를 쓰는 동안, 난 학교에서 만든 인맥 생각해 보며 차를 살 만한 사람들에게 전화를 걸었다.

─진즉 말하지. 아는 분한테 샀다.

─꼰대가 있는 차마저 뺏으려고 난리야!

─그 친구한테 함 연락하라고 해라. 들어보고 결정하마.

─운이 좋았네. 마침 그 차 사려고 했는데. 이왕이면 네 친구한테 사지, 뭐.

─돈이 없다. 쏘리!

최소 3000만 원의 돈이 들어가는 차인지라 대부분은 거절했다. 다만 몇 명이 긍정적인 답을 해준다.

나름 대학에서 만든 인맥치곤 괜찮은 인맥이라는 생각이 들었다.

그러나 역시나 나의 주 인맥은 밤의 세계였다.

"형님, 접니다."

─오~ 동생! 잘 지냈어?

"덕분에 잘 지냈습니다. 형님은요?"

─나야 요즘 동생 덕분에 승승장구지. 하하하!

"축하드려요."

─고마워. 한데 무슨 일이야?

"다름이 아니라 친구가 수입차 딜러를 하는데 혹시 차 바꿀 생각 있으신가 하고요."

─큭큭! 천하의 위준이 친구 차를 파네. 몇 대나 사줄까? 아니다. 일단 그냥 최고로 좋은 차 한 대하고, 중간 보스급 애들이 탈 것 5대만 보내줘.

"그냥 한 대면 되는데……."

─동생의 부탁인데 그래서야 쓰나.

진명환 사장은 통 크게 6대를 산다. 이건 시작에 불과했다.

사웅회 사장들에게도 연락을 했더니 그들 또한 비슷한 수준으로 차를 주문한다.

'이거, 밤의 세계로 나가?'

내 정체성에 약간이 혼란이 생길 정도로 대접받고 있다는 느낌이다.

마지막으로 날 형님이라 부르는 불곰에게 전화를 걸었다.

―아이고! 형님, 웬일로 전화를 다 주셨습니까? 잘 지내시죠?

"그래요. 불곰도 잘 지내죠?"

이젠 형님이라는 소리도 어느 정도 적응이 된 상태였다.

―형님, 여름인데 저희 동네로 한 번 오십시오. 제가 확실하게 모시겠습니다.

"그러죠. 한데 오늘은 일이 있어 전화를 했어요."

―하명만 하십시오!

웬일인지 불곰에게만큼은 쉽게 말이 떨어지지 않는다. 그러나 문준이를 위해 힘겹게 말을 꺼냈다.

―형님, 감사합니다.

"에?"

―이제야 절 동생으로 생각해 주시는군요. 이제부터 저희 조직은 그 친구 분의 차만 쓰겠습니다.

"굳이 그럴 필요까진……."

―아닙니다. 형님이 제게 해주신 게 있는데 이럴 때가 아니면 언제 은혜를 갚겠습니까? 잠깐만 기다리시면 필요한 수를 파악해서 전화 드리겠습니다.

"…그래요."

전화를 끊고 30분 정도 있다가 불곰의 전화가 왔다

—형님, 정말 죄송합니다. 생각보다 차를 끌고 다니는 녀석들이 별로 없네요. 일단 20대만 주문하면 안 되겠습니까?

"10대로 충분합니다!"

더 이상은 내가 부담스러웠다.

—내일이라도 다시 파악하면 30대까지도…….

"됐어요. 10대 이상은 안 팝니다."

—필요한 걸 주문한 것뿐입니다.

"내가 부담스러워요. 그러니 10대로 하죠.

—알겠습니다. 그리고 꼭 놀러 오십시오, 위준 형님.

"그러죠. 담에 봅시다."

불곰과 전화를 끊고 오늘 일에 대해 곰곰이 생각해 본다.

차를 판다는 것이 조금 귀찮았지만 현재 나의 현 상황을 돌아보는데 도움이 되었다.

너무 한 쪽으로 치우쳐져 있었지만 1년 남짓한 생활에 비하면 꽤나 인맥이 넓혀진 상태였다.

하지만 부족한 점도 많았다.

'좀 더 노력해야겠어.'

내가 하고자 하는 일에 가장 필요한 것은 권력.

이제부터라도 서서히 넓혀야 한다는 생각을 해본다.

10장

이만 원짜리 의뢰

"자! 계약서는 두 장이고, 나머지는 네가 연락해서 적당히
계약해."

"이, 이만큼이나?"

"한꺼번에 하기 뭐하면 뒤에 있는 것들은 천천히 해도 되
니까 조절해서 해."

문준의 퇴근 시간에 맞춰 다시 만났다.

내가 준 계약서와 계약할 곳을 상세히 정리해서 문준에게
건네자, 그는 믿을 수 없다는 표정으로 서류와 날 번갈아 본
다.

"고, 고맙다……."

"고마우면 술은 니가 사라."

"당연하지!"

소중한 보물처럼 서류를 가방에 넣은 문준은 아가씨가 있는 술집으로 가자고 했으나 그냥 가까운 호프집으로 향했다.

"캬아~ 좋다."

"천천히 마셔."

"자식! 나중에 딴소리 말고 많이 먹어."

"오냐. 많이 먹으마."

문준은 들어서자마자 생맥주 500cc를 비우는 걸로 시작으로 한맺힌 사람처럼 술을 먹어댄다.

그리고 마침내 우려했던 주사가 역시 시작됐다.

"야, 박무찬!"

"왜?"

"새끼, 너 내가 동창회 때 한소리 한 것 때문에 기분 나쁘지 않지?"

"아까도 말했잖아. 괜찮다고."

"진짜지? 하긴 나 같은 놈의 말이 네 귀에 들리겠냐. 쓰으읍~ 쩝! 어쨌든 오늘 진짜 고맙다. 한잔 마셔라."

"그래, 그러자."

잔뜩 취해 같은 말을 반복하면서 계속 건배를 권하는 문준. 난 그냥 더 먹고 잠이라도 자길 바라며 같이 술을 마신다.

하지만 인사불성이 된 그의 다음 주사는 잠이 아니라 신세한탄이었다.

"무찬아!"

"또, 왜?"

"씨바……. 진짜 고맙다. X같은 세상에 너 같은 놈이라도 있어서 정말 다행이다."

"그렇게 말해주니 고맙다."

"한데 넌 세상에서 제일 억울하게 뭔지 아냐?"

"글쎄?"

억울한 일을 당하는 사람에겐 그게 세상에서 가장 억울한 일이 아닐까?

나의 경우는 별 인연도 없는 짐승만도 못한 새끼가 살인을 청부해 아버지의 죽음도 보지 못하고 섬에서 4년간 고생한 것이 가장 억울한 일을 것이다.

신수호를 생각하니 괜히 열이 받는다.

"가족을 제외하곤 아무도 내 말을 믿어주지 않는 거. 내가 보기엔 그게 가장 억울한 일이야."

"그럴 수도 있겠네."

"그럴 수도 있겠네가 아니라 당하는 입장에서는 미치고 팔짝 뛸 일이라니까."

"무슨 일 있었어?"

"큭큭큭! 내가 아니라 울 아버지한테 생긴 일이지. 얼마나 억울하셨으면 쓰러지셔서 죽기 전까지… 억울하다고 하셨겠냐?"

문준이 정말 취했을까?

술기운을 빌어 그저 자신의 답답한 마을을 토해내고 싶은 것처럼 보인다.

"내 말 …들어볼래? 지방에서 작은 인테리어 가게를 하셨던 아버지는……."

듣는다고 답하지 않았지만 문준은 약간 꼬인 혀로 말을 한다.

상식적으로는 말도 안 되는 일이었고, 무척이나 가슴 아픈 얘기였다.

문준의 아버지에게 올 초 작은 빌딩의 인테리어 공사를 해달라는 요청이 들어왔다.

비록 큰 이익이 되지 않는 공사였지만 불경기에 일꾼들 놀리지 않는 것만으로 만족한 그는 계약금을 받고 선뜻 일을 맡게 되었다.

한데 그게 사기였다.

건물주는 계약금만 주고 중도금을 차일피일 미루며 공사가 끝나길 유도했고, 끝남과 동시에 잠적을 해버린 것이다.

그는 자신뿐만 아니라 오랫동안 믿고 일해 왔던 사람들까지 엮여 있었기에 공사대금을 반드시 받아야 했다.

그래서 고소를 한 뒤 독자적으로 건물주를 찾아 나섰고, 숨어 있는 그를 찾아냈다.

그때부터 일은 다시 꼬이기 시작했다.

건물주를 찾아갔다가 경호원들과 우연찮게 몸싸움을 벌였다.

한데 나중에 알고 보니 지역의 조직폭력배였는데 그들이 문준의 아버지를 오히려 폭력혐의로 고소를 한 것이다.

조폭들이 서로 고소를 취하하자고 협박과 회유를 일삼았지만 꿋꿋하게 버텼다.

하지만 그게 끝이 아니었다.

경찰서에서 조폭들과 조사를 받는 과정에서 돌발 상황이 발생했고, 그 과정에 경찰이 한 대 맞게 되었는데 그것이 또한 공무집행방해죄로 검찰조사까지 받게 된 것이다.

한데 건물주도, 조폭도, 경찰도, 검사도 모두가 한통속이었다.

어린 검사에게 갖은 모욕을 당하면 건물주에게 건 고소를 취하하라는 협박을 받았고, 한참을 버티던 문준의 아버지는 결국 손을 들고 말았다.

자신의 모든 것을 잃고, 친구들에게까지 손해를 입힌 그는 결국 화를 이기지 못하고 쓰러졌다.

그리고 자신이 죽으면 들어놓은 보험금을 타 친구들에게 전해주라는 유언을 남기고 돌아가셨다.

불행은 끝이 없다고 했던가…….

문준의 어머니까지 남편을 잃은 슬픔에 쓰러져 병원에 입

원을 했다.

돈 한 푼 없던 문준은 병원비를 대기 위해 아버지의 유언을 어기고 생명보험금을 어머님의 병원비로 사용하려 했다.

하지만 문준은 또다시 세상의 비정함에 목이 베이는 고통을 당한다.

보험회사가 재해 사망 보험금을 자살이 의심된다는 이유로 지급을 하지 않은 것이다.

"…큭큭큭! 씨발 X같은 세상이야, 안 그래?"

문준은 울고 있었다.

술에 취하고 울음에 취해 웅얼거리며 말하는 문준의 말을 빠짐없이 들은 내가 용했다.

"죽고 싶었다. 한데 병원에 누워계신 어머님을 생각하니… 못하겠더라. 크~"

맥주는 어느새 소주로 바뀌어 있었다.

나 역시 자제하던 술을 계속 마시고 있었다. 취하지 않으면 내가 미쳐버릴 것 같았다.

"큭큭! 어떠냐? 세상에서 가장 억울하다는 일을 당한 나를 본 소감이?"

때로는 분노가, 때로는 절망이, 끝임 없이 반복되는 문준이 묻는다.

"복수해야지."

"어떻게? 큭큭큭! 난 아무것도 가진 게 없어, 새끼야! 인터

넷에 올리기도 해봤다. 한데 그 때문에 나도 경찰서와 검찰에 끌려가서 협박을 받았어!"

"그래서 그냥 묻겠다고?"

"야이⋯ 이, 이, 개새끼야! 너⋯ 너, 같으면 이게 잊혀지겠냐? 흑! ⋯흐흐흑!"

이를 앙다물어도 가슴 밑바닥에서 터져 나오는 슬픔을 참을 수가 없는지 결국에 문준이 어린아이처럼 운다.

주변의 많은 사람들이 문준을 봤지만 그는 세상에 홀로 있는 듯 슬프게 운다.

그렇게 시간은 빠르게 흐른다.

술집에서 쫓겨나다시피 나와 근처 벤치에서 2시간을 자다가 깬다.

"괜찮냐?"

"아우! 하늘이 빙빙 돈다. 도대체 술을 얼마나 마신 거냐?"

"조금 많이 마셨지."

"진짜 미안하다. 으~ 머리가 깨질 것 같다."

"음료수라도 사다 줘?"

"그래주면 고맙고."

근처에 있는 24시 편의점에 들러 술 깨는 약과 음료수를 사 문준에게 건넨다.

"내가⋯ 이상한 소리 안 했지?"

음료수를 마시며 10분 넘게 침묵을 지키고 있던 문준이 캔을 만지작거리며 묻는다.

듣지 않았다고 말하려다 누구 하나쯤 아는 것도 나쁘지 않을 것 같다는 생각에 사실대로 말한다.

"세상에서 가장 억울한 사람 얘기했다."

"…그랬냐? 휴우~"

긴 한숨을 쉰 문준은 하늘을 보며 또 한참을 멍하니 있는다.

"…무찬아."

"응?"

"나 정말 돈 많이 벌고 싶다."

이유는 묻기도 전에 문준의 말은 이어졌다.

"나 혼자 힘으로 그들을 어쩔 수는 없겠더라. 그래서 돈 많이 벌어 킬러를 고용할 생각이다."

"그러냐?"

"그래. 그래서 건물주, 조폭, 경찰, 검사, 그리고 개 같은 보험사까지 관련자는 모조리 발기발기 찢어 죽여 달라고 청부할 거야. 내가 그들을 잘근잘근 씹어 먹어 버릴 수 있게 말이야!"

문준은 말하면서도 가슴이 답답한지 가슴을 때렸고, 눈에는 다시 습기가 차오른다.

애써 웃으며 분위기를 바꾸는 그.

"헤헤! 방금한 말은 잊어줘라."

"그래. 집에 갈 때 완전히 지울게. 그리고 돈 많이 벌어 꼭 성공하길 바라마."

"늦게까지 같이 있어줘서 고맙다."

"친구잖아?"

"그래, 친구."

택시를 잡았고 문준을 태웠다.

"다음에 보자!"

"그래 조심히 들어가라."

"너도."

난 아까부터 망설이며 생각하던 것을 결정하곤 문준에게 말했다.

"야, 나 만 원만 줘봐."

"택시비 없냐? 자! 특별히 이만 원 주마. 큭큭!"

문준에게 이만 원을 받으며 혼잣말로 중얼거렸다.

"그래. 네 의뢰는 접수했다."

"응? 뭐라고?"

"고맙다고. 들어가."

문을 닫자 문준을 태운 택시는 빠르게 사라진다.

"쩝! 오지랖도 이런 오지랖이 없다."

손에 든 이만 원을 물끄러미 바라보며 가볍게 투덜댄다.

내 복수도 바쁜 판국에 남의 복수극을 맡다니…….

하지만 억울한 일을 당한 이의 마음이 내 가슴을 울렸다.

난 이만 원짜리 의뢰를 받았다.

*   *   *

졸지에 킬러가 된 난 의뢰를 어떻게 처리할지 고민을 했다. 다른 건 괜찮은데 문제는 보험사였다.

책임을 물으려고 해도 누구에게 물을 건지 애매모호했기에 일단은 보험금을 받기로만 했다.

이럴 때 가장 큰 힘이 되는 건 역시 변호사인 삼촌밖에 없었다.

"음, 친구가 보험금을 못 받았다고?"

"네. 자살이 의심된다고 지급을 못하겠다고 했나 봐요. 소송을 하려 하는데 친구가 능력이 안 돼서 못하고 있어요."

점심시간을 이용해 삼촌을 만났다.

매번 일이 있을 때만 뵙는 것 같아 죄송했지만 어쩔 수 없었다.

"어디 보험사니?"

"XX보험사요. 소송하면 힘들까요?"

"아니다. 백 퍼센트 받을 수 있단다. 하지만 그보다 더 쉬운 방법도 있지."

"더 쉬운 방법요?"

"잠시만."

삼촌은 전화번호부를 검색하더니 누군가에게로 전화를 걸었다.

"응, 김 변호사 자네 친구 중에 XX보험사에서 일한다는 사람 있지 않았나?"

—예, 송 변호사님도 본 적이 있을 겁니다. 안창웅이라고…….

"아! 그 친구?"

—전화번호 알려드릴까요?

"아니, 아마 전화번호부에 있을 거야. 고맙네."

간단하게 전화를 끊은 삼촌은 다시 전화번호부를 검색하더니 안창웅에게 전화를 건다.

"안 변호사, 나 송지훈일세."

—…아! 송 변호사님. 잘 지내시죠?

"하하! 나야 항상 그렇지. 자네도 잘 지내지?"

—물론입니다. 한데 무슨 일로 전화를 주셨습니까?

"내 아는 조카에게 의뢰가 하나 들어왔는데 자네 보험사와 관련이 있어 알아볼 겸 전화를 했네."

—아시는 조카 분이라고요? 성함이……?

"문준, 외자입니다."

전화통화를 듣고 있었기에 이름을 묻는 표정에 조용히 말을 했다.

"문준이라네."

―잠시만 기다려주세요. 금방 확인해 보겠습니다.

삼촌에게 묻고 싶은 게 있었으나 여전히 전화기를 들고 계셨기에 조용히 기다린다.

―늦어서 죄송합니다, 송 변호사님. 확인을 했는데 자살이 의심되어 지급이 정지되어 있는 상태네요.

"그런가? 내가 들은 것과 다르군."

―저희야 손해 사정인들이 올려놓은 결과만 확인하니까요. 한데 친한 분입니까?

"친한 사이지. 근데 자네 생각이 나 소송에 앞서 먼저 전화를 했다네."

―감사합니다. 제가 법률팀과 의논할 동안 기다려주시면 곧 연락드리겠습니다.

"그러지. 조만간 만나 저녁이나 하세."

―하하하! 알겠습니다.

삼촌이 전화를 끊자마자 물었다.

"설마 이대로 해결되는 건가요?"

"아마도. 백 퍼센트 질 소송을 하진 않겠지."

"말도 안 돼⋯⋯. 그렇다면 왜 진즉에 보험금을 지급하지 않은 거죠?"

"너 같은 친구가 있다는 건 몰랐겠지."

"네?"

기분 나쁜 느낌이 온몸을 스멀스멀 기어다니는 것 같다.

떠올린 생각이 틀리기 바란다. 하지만 언제나 그렇듯이 나쁜 예감은 틀리지 않았다.

"보험회사에선 보험금을 최대한 안 주려고 하지. 그래서 약간의 문제가 있어도 소송을 걸어. 기준은 수령자의 집안이 되지."

"어떻게 배경을 보고 보험금을 지불하지 않을 수 있죠?"

보험 사기꾼이 많으니 회사 입장에선 당연한 방법이라 말할 것이다. 하지만 선의의 피해자들은 어떻게 할 것인가?

난 삼촌에게 따지듯이 물었고 그의 대답은 무척이나 간단했다.

"그게 이 세상이다."

알고 있었지만 반발이 일어나는 말이었다.

난 이런 세상에 수혜자였지만 울컥 솟아오르는 화를 참기 힘들다.

국가는 아무것도 못 해주니 알아서 하라는 뜻을 가진 '억울하면 출세하라'는 무책임한 말이 떠도는 곳.

문준이 말하던 X같은 세상이 내가 살고 있는 곳이었다.

나 하나 건사하기도 힘든 마당에 나라 걱정 따위 할 생각은 없었다. 다만 내 앞에 일어난 일까지 그냥 넘어가기엔 너무 화가 났다.

"보험금은 지급하겠다는구나."

"감사합니다, 삼촌."

일은 잘 해결되었다.

누구는 전화 한 통으로 해결하는 일을 누구는 죽자 살자 매달려야 한다는 사실이 가슴 아프다.

"아니다. 씁쓸한 현실을 보여줘 오히려 미안하구나."

"아니에요. 알고는 있었지만 전 이익을 보는 사람이었기에 모른 척 외면하고 있었던 거죠."

"그래. 대신 바르게 긍정적으로 보길 바라마. 그리고 오늘 친구를 위한 널 보니 기뻤다."

삼촌은 빙그레 웃으시며 사무실로 가신다.

'미안해요, 삼촌. 긍정적으로 보긴 힘드네요.'

그의 뒷모습을 보며 중얼거린 난 보험금만 받게 되면 넘어가려던 계획을 수정했다.

누군가는 어떤 식으로든 이 일의 책임을 지게 만들어야 했다.

*   *   *

서미혜는 간혹 나에게 도둑질을 했으면 성공했을 것이라고 했다.

말이 씨가 된다고 난 오늘 도둑이 되어 남의 담을 넘고 있다.

"크르릉! 월월!"

'조용히 해!'

퍽! 퍽!

두 마리의 도사견에게 한 방씩 먹였다.

개의 수혈을 알 수 없었고, 죽일 생각도 없었기에 턱관절 뒤를 때렸다.

다행히 뼈가 부러지는 느낌 없이 두 마리는 쓰러진다.

"누……."

쉭! 쉭!

플라스틱 구슬이 날아 경호원의 아혈과 수혈에 적중된다. 그리고 아예 넓은 마당을 돌며 경호원들을 모두 잠재웠다.

'이제 보안 시스템만 무력화 시키면 되는 건가?'

자세히 보면 창문마다 붉은 빛이 깜박이고 있었고, 유리창마다 충격센서가 붙어 있었다.

지은 죄만큼이나 많은 보안 시스템이 달려 있다.

창이 있으면 방패가 있고, 자물쇠가 있으면 열쇠가 있는 법.

난 가방을 열어 종로에 있는 세운상가에서 구해온 물건을 꺼냈다.

"조심해서 사용하쇼. 주변의 전기제품은 다 망가져 버릴 수 있으니까."

50대 아저씨는 창고 구석에 있는 물건을 꺼내며 정말 조심하라고 몇 번을 당부했었다.

'난 전기제품이 없걸랑.'

내 집도 아니고 도둑질하러 온 집에서 망설일 필요는 없었다. 문 앞에 놓고 스위치를 돌렸다.

위이이이이잉~

파팍! 파팍! 파파파파팍!

고주파의 굉음과 함께 주변 전등이 깜박이다 꺼져 버렸고, 고무 탄 냄새가 코로 스며든다.

"말대로 화끈하군."

무기를 흉내내 만든 것이라고 했는데 가격도 꽤 비쌌다. 하지만 효과는 확실해 보였다.

정전이 된 듯 작은 불빛마저 없는 집의 현관문을 일자 드라이브로 부수며 들어갔다.

"누, 누구세요?"

늦은 시간까지 자지 않고 있었던 사람이 있었나 보다. 2층에서 난간을 더듬더듬 잡고 내려오는 여자가 눈에 보였다.

"도둑인데요."

"……."

"강도로 만들지 말아요. 아셨죠?"

비명을 지르기 전 입을 막고 드라이브로 옆구리를 꾹 지르자 다리에 힘이 풀렸는지 주저앉았다.

그러면서도 고개를 끄덕이는 건 잊지 않는다.

손과 다리는 케이블 타이로, 입은 거실에 있는 테이블보를 찢어서 막고 거실 소파에 던져놓고 1층에 있는 좌측 방으로 먼저 들어간다.

고풍스러운 방에 두 노인분이 각각의 침대에서 잠을 자고 있다.

할머니에겐 수혈을 눌러 더 곤히 자게 해놓고, 오늘의 목표인 XX보험사 회장을 깨웠다.

"…누구냐? 무슨 일인데… 헉!"

"쉿! 조용히 해요, 영감. 도둑인데 강도로 돌변하긴 싫으니 소리치지 마쇼."

"아, 알았소."

"그럼, 거실로 나가실까요?"

큰 집답게 꽤 많은 사람들이 살고 있었다.

어린이와 노약자는 잠을 자게 해두고 회장, 두 명의 아들내외, 두 딸과 사위까지 총 여섯을 묶어 소파에 올려뒀다.

"너무 어두워서 얘기하기가 좀 그렇죠? 그래서 제가 미리 준비해 왔답니다. 짜짠!"

난 초를 테이블 위에 올려놓고 라이타로 불을 붙였다.

빛 한 점 없던 집에 초 하나가 켜지자 꽤 밝아졌고, 복면을 한 나를 바라보는 여섯 명의 표정은 두려움으로 가득했다.

"자, 분위기도 좋아졌으니 본격적으로 얘기해 보죠. 전 아까 말했듯이 도둑입니다. 여기서 한 가지 기억할 것은 도둑이 강도가 되는 건 여러분들의 행동에 따라 달라진다는 점이죠. 말하고 싶은 분은 고개를 끄덕이면 재갈을 풀어드리겠습니다. 모두 아시겠죠?"

끄덕끄덕!

말 잘 듣는 아이처럼 여섯은 동시에 고개를 끄덕인다.

"좋습니다. 그래도 회장님과 얘기를 나누는 게 예의겠죠?"

"쿨럭! 쿨럭! 워, 원하는 대로 주겠네. 그러니 아무도 건드리지 말게."

노인네에게 재갈은 무리였나 보다. 손발에 묶인 타이까지 풀어줬다.

"원하는 대로 준다니 말하기가 편하겠네요."

"현금으로 10억을 주지. 그리고 경찰에 알리지도 않는 것은 물론이고 오늘 있었던 일은 모두 잊겠네."

난 빙긋 웃으며 손에 들고 있던 드라이브를 들어 옆에 누워 있는 남자의 머리를 향해 꽂았다.

"아, 안 돼!"

푹!

회장의 외치는 소리를 무시하고 내 손은 아래까지 내려간다.

드라이브는 남자의 귀 바로 옆에 꽂혔고, 남자의 눈은 질근

감겨져 있었다.

"내 욕심을 회장님의 잣대로 평가하시면 안 되겠죠?"

"…아, 알았네."

허튼소리는 용납하지 않는다는 경고였다.

"집에 금고가 있습니까?"

"있네."

"안내하시죠."

금고는 회장이 자던 방의 옷장 안에 교묘하게 숨겨져 있었다.

"저보고 열라는 얘기는 아니겠죠?"

초를 금고에 비춰주자 회장은 아무 말 없이 금고를 연다. 금고 안에는 생각보다 단출했다.

5만 원 뭉치 100여 개와 달러, 금괴, 알 수 없는 서류봉투들이 다였다.

"생각보다 별로 없네요?"

"요즘 은행을 이용하지 누가 현금을 쌓아두겠나?"

"회장님 같은 분이 쌓아두지 않으면 누가 쌓아둘까요?"

"이게 다네. 더 이상은 없어."

"글쎄요? 안 쓰시는 가방 좀 빌릴 수 있을까요?"

"……."

회장은 이상한 눈으로 잠시 날 보다 적당한 등산용 가방을 준다.

지폐는 일련번호가 달랐기에 모조리 가방 안에 넣었다. 그리고 다시 밖으로 나온다.

"돈이 10억 정도 밖에 없어서 그냥 가기가 서운하네요."

"정말 그게 다네."

"좀 더 쓰시죠. 결혼 안 한 따님이 아주 예쁘네요."

"이, 이 놈⋯⋯. 있다면 당장에라도 주겠네. 은행 문이라도 열려야 줄게 아닌가?"

"진짭니까?"

"그래!"

"그럼 은행 문 열 때까지 기다리죠. 그동안 뭘 할까나? 며느님도 참 고우시네요."

남편인 듯한 사내의 눈에는 불똥이 튀었고, 여자는 절망 어린 눈빛으로 나와 시아버지를 번갈아 바라본다.

관계없는 타인을 괴롭히는 취미 따윈 없었다. 하지만 회장에게 더 받아낼 것이 있었다.

"워, 원하는 게 뭔가? 제발 우리 아이들은 건드리지 말게나."

"정말 원하는 게 있으면 들어주실 건가요?"

"물론이네. 은행 문이 열리면 얼마라도 주겠네."

"좋아요. 그럼 이런저런 핑계로 지급을 미루고 있는 보험금을 줄 수 있나요?"

"그, 그게 무슨 말인가?"

"귀가 안 들리세요? 뚫어드려요?"

"아, 아닐세. 무슨 말인지 알겠네. 오늘 당장에라도 회사에 나가서 그 문제를 해결하겠네."

"평생 경찰들과 함께 생활하기 싫으시면 약속은 꼭 지키셔야 할 겁니다."

"반드시 지키겠네!"

"기억하세요. 약속을 지키지 않으면 전 다시 옵니다."

철썩 같이 약속을 하는 회장.

난 강력한 살기를 뿜어 정신력을 약화시키고 회장은 물론, 누워 있는 한 사람 한 사람에게 일일이 순간최면을 걸었다.

약속을 지킬지는 모를 일이다.

화장실 갈 때와 나올 때는 분명 다른 법이니까.

하지만 지키든, 지키지 않든 내 역할은 여기까지다.

지킨다면 돈 대신 마음의 평화를 얻을 것이고, 지키지 않는다면 내가 언제 올지 모른다는 생각에 꽤 힘든 생활을 할 것이다.

"밤늦게 실례했습니다. 다음엔 보지 않았으면 좋겠네요."

정중하게 인사를 하고 문을 나섰다.

전자제품이 모두 맛이 갔으니 경찰에 신고를 한다 해도 내가 사라진 뒤일 것이다.

도둑인 난 어둠 속으로 사라진다.

11장

청소

　　XX보험사의 회장은 마음의 평화를 선택했다. 자기의 돈이
아니라 회사 돈이기에 그랬는지 모른다.

　　그러나 한편으론 '내가 참 무서운 놈이구나.' 하는 자괴감
이 들기도 했다.

　　들고 온 10억은 검은 돈이었기에 함부로 아무 곳에나 줄 수
없었다. 내 돈 10억을 자선단체에 기부하고, 그대로 지하의
패닉 룸에 넣어뒀다.

　　곧 쓸 날이 있으리라.

　　짙게 썬팅된 대포차를 불곰 편으로 한 대 구해 천안으로 내
려갔다.

문준의 말만 믿고 무작정 일을 벌일 수는 없는 법. 상대방의 말도 들어볼 생각으로 일의 발단이 된 건물주가 있는 곳으로 갔다.

"어이~ 거기 아저씨! 왜 이 근처에서 어슬렁거리는 건데? 저리 안 가!"

"아, 네네."

오래된 갈색 점퍼에 무릎 나온 바지를 입고 그가 산다는 곳을 살피는데 양복을 입은 한 놈이 인상을 쓰며 쫓아낸다.

'변장이 완벽한 건가?'

실리콘 가면이란 재미있는 물건이 있었다.

할리우드 영화에서 나오는 분장용 가면처럼 만든 것으로 얇고 피부와 구분하기 힘들 정도였다.

거기에 수염까지 붙이면 해윤도 알아보지 못할 만큼 다른 사람이 되어버린다.

이 때문에 앞으로 은행에서 얼굴을 꼬집어보고 돈을 지불해야 할지도 몰랐다.

"야이~ 씨팔 새끼야! 내 말 안 들려? 꺼지라고!"

"아… 네, 네. 젊은 새끼가 싸가지 없게……."

"허~ 이 새끼야, 너 방금 뭐라고 그랬어?"

문 안쪽에 있는 놈은 들리라고 중얼거린 말에 발끈해 소리친다.

"혀 젊은 새끼가 귀는 밝네."

역시 혼잣말처럼 말했지만 놈에게 들릴 정도로 큰소리였다.

"이…, 이 개새끼, 죽었어!"

덜컹!

문이 열리며 놈이 튀어나온다.

"다시 한 번 말해… 큭!"

나오는 놈의 목을 잡고 문 안으로 들어갔다. 그리고 다른 한 놈이 소리치기 전에 발로 차버렸다.

벽에 심하게 부딪친 놈은 기절했는지 스르르 쓰러진다.

"크~ 큭!"

나에게 목이 잡힌 놈은 무술을 배웠는지 내 손을 떼기 위해 관절기를 걸고, 다리로 차기도 한다.

짜악!

난 놈의 뺨을 그대로 후려갈겼다.

"주둥아리 평생 쓰기 싫으면 얌전히 있어요."

싸대기 한 방에 축 늘어진 놈은 현실을 인식했는지 눈꼬리를 내린다.

"안에 나 사장 있습니까?"

"이, 있습니다."

"깡패 새끼들은 몇 명이에요?"

"두, 두 명 더 있습니다."

"별로 없네요? 일단 들어가죠."

두 놈의 뒷덜미를 잡아 질질 끌면서 넓은 마당을 지나 안으로 들어갔다.

"이 씨발 놈! 어디 파에서 온 거냐?"

긴 사시미 칼을 든 두 사람은 대기 중이었고, 뒤에 나 사장으로 보이는 50대 후반 정도의 사내가 서 있었다.

"휴~ 반응이 어째 똑같군요."

"발라!"

"내가 생선인가요? 바르게."

내공을 쓸 필요도 없었다. 호기롭게 다가오던 놈들은 주먹 두 방에 바닥을 긴다.

"원하는 게 뭐, 뭔가?"

기름진 얼굴을 부들부들 떨며 나 사장은 용건을 묻는다.

"듣고 싶은 게 있어서."

"말하게. 모두 말하겠네."

"좋습니다. 이쪽으로 앉으시죠. 커피를 마시고 있었나 본데 먹으면서 얘기해도 좋고요."

나 사장은 내가 권하는 소파에 앉는다. 하지만 커피는 마실 수 없을 정도로 손을 떨고 있었다.

"가장 최근에 저지른 사기행각부터 들어볼까요?"

"…겨, 경찰에서 왔나? 그렇다면 천안지청에……."

"대답이 틀렸습니다."

난 바닥에 있는 사시미 칼을 들어 바닥에 기고 있는 한 놈의 아킬레스건을 그었다.

"아아아아~! 내 발! 내 발!"

"시끄러워! 혀를 그어버리기 전에 입 닥치고 있어."

"…으……."

"자, 말해보시길."

"자, 자네가 잘못 생각하는 거야. 난 결코 사기를……."

"이 망할 새끼야! 빨리 사실대로 말… 으아아악!"

다른 한 녀석의 아킬레스건을 그으려 하자 놈은 발광을 하며 소리쳤지만 난 사정없이 그었다.

"……."

간간히 신음 소리가 났지만 거실은 싸늘한 공기만 흐를 뿐이었다.

"네 명이니까 두 번 더 남았군요. 그 다음은 당신이니까 알아서 대답하면 됩니다. 자!"

악인은 법을 두려워하지 않는다. 오히려 법을 더 잘 알고 이용한다.

그땐 간단하다. 더 악마적인 모습을 보이면 된다.

"며, 며칠 전 돈을 빌리고도 갚지 않는 사람이 있어서 가, 가볍게 손을 봐줬네. 그리고……."

주관적으로 말하는 그의 얘기를 조용히 들었다.

참으로 많은 짓을 했다. 그럼에도 감옥에 가지 않는 걸 보면 대단하다는 생각마저 든다.

한데, 곧 나 사장이 일을 축소하고 있다는 걸 알았다. 문준

아버지의 일을 그저 공사가 마음에 안 들어 대금을 적게 지불했다고 표현한 것이다.

난 가차없이 사시미를 들고 일어났다.

"으아~ 왜, 왜 그러세요?"

놀란 건 오히려 옆에서 웅크리고 있던 깡패였다. 그는 비명을 지르며 다리를 감춘다.

"이 양반이 거짓말을 하는 것 같아서요. 제가 몇 가지 사건에 대해선 들었는데 완전히 다르군요."

"거짓말 맞아요! 몽땅 잘못된 얘깁니다. 제가 말할 테니 제발……!"

"그렇습니까? 좋아요. 첫 얘기부터 다시 하죠. 그리고 기회를 줬음에도 거짓말을 말한 나 사장, 당신은 틀릴 때마다 한 군데씩 잘릴 겁니다."

"다, 다시 말씀드리겠소. 컥!"

"닥치고 있어."

주먹으로 복부를 때려 움직이지 못하게 만들어놓고 얘기를 듣는다.

"첫 얘기는 저 새끼가 남의 여자를 보고 반해서 저지른 일입니다. 남편에게 도박꾼들을 붙여 빚을 지게 만든 다음 그 여자를……."

귀를 막고 싶었다.

현실 또한 지옥인 줄 알고는 있었지만 이건 인간들의 짓이 아니었다.

해충만도 못한 짓을 너무나도 태연하게 벌이고 있었다.

"으아아악!"

나 사장의 무릎 연골을 잘랐다. 아픈 듯 비명을 지르는 놈.

하지만 놈은 내 기분이 어떤지 예상을 못했나 보다.

"으득! 내가 조용히 하지 않으면 혀를 잘라버린다고 했을 텐데!"

난 나 사장이 비명을 지르지 못하도록 만들었다. 내 모습에 얼어붙은 깡패는 말도 못하고 벌벌 떨고만 있었다.

"계속해."

"…네네. 그 다음은……."

말을 할수록 나 사장의 몸엔 상처가 늘어났고, 결국 피를 흘려 쇼크사한다.

"지금까지 한 일을 막아준 사람은 천안경찰서의 진 경관과 명 경사하고, 천안지청의 천 검사가 맞습니까?"

"예, 맞습니다."

"알았습니다. 좋은 정보를 주셨으니 고통 없이 죽여 드리죠."

"네? 아, 아니 이런 경우가……."

"나 사장이 그런 일을 하게 도운 건 당신들이잖아요."

"이, 이! 이야아아아~ 켁!"

모든 얘기를 해준 깡패는 죽인다는 얘기에 발악적으로 덤

벼들다 목이 꿰뚫려 죽는다.

"사, 살려주세요! 저, 저에겐 노모가……."

"자식이 해충보다 못한 놈이라는 걸 알면 죽음보다 더 큰 불효가 될 겁니다."

아킬레스건이 잘려 바닥을 기며 도망가려던 놈은 눈물을 흘리며 말했다.

그러나 아까 들었던 얘기의 피해자들도 이들에게 그렇게 말했을 것이다.

이들은 용서가 없었고, 나도 없었다.

푸욱!

긴 사시미가 심장을 뚫고 바닥에 박힌다.

"하아~"

생명이 모두 사라진 거실을 둘러보던 난 너무 흥분했음에 스스로를 자책한다.

그러나 후회는 없었다.

똑같은 일이 일어난다면 똑같이 행동할 것이다.

난 나 사장의 집 전화를 이용해 경찰서로, 지청으로 전화를 걸어 세 사람의 행방을 물었다.

경찰 두 명은 퇴근을 했고, 천 검사는 낮에 서울에 갔다고 했다.

일단 두 경찰을 처리할 요량으로 나 사장의 집을 나와 대포차를 타고 미리 조사해둔 그들의 주소로 향했다.

"진 경관님을 뵈러 왔습니다."

―그이, 지금 동네 호프집에서 술 마시고 있을 거예요. 전화해 보시겠어요?

"알겠습니다."

얼굴을 변장하고 있었기에 꺼릴 것은 CCTV나 차량에 설치된 블랙박스만 조심하면 되었다.

난 진 경관에게 전화를 걸었다.

―누구십니까?

"나 사장님이 전해드리라는 것이 있어 집에 왔더니 근처에 있다 해서 전화했습니다."

―너, 용후냐? 한데 뭘?

"좋은 겁니다."

―그냐? 집에서 내려오다 좌회전해서 쭉 오면 오성호프라고 있다. 나가서 기다릴 테니 바로 와라.

"네."

나 사장 집에서 핸드폰을 집어온 게 도움이 되었다. 빠르게 골목을 돌아 오성호프로 간다.

멀리서 서성이는 사람이 보이는데 진 경관처럼 보인다.

'운이 좋은 줄 알라고.'

한 방에 보내줄 생각이다. 성질 같아선 문준이 말처럼 갈가리 찢어버리고 싶은데 보는 사람들이 너무 많았다.

"어?"

이제 거리는 20m.

한데 긴 후드티를 입은 한 사내가 진 경관을 슥 가로막는 것이 보인다.

그리고 그의 손이 몇 번이고 왔다 갔다 하며 진 경관을 찌른다.

"허억······."

"까아아아아! 사, 살인······!"

진 경관은 피를 흘리며 앞으로 쓰러졌고, 지나가던 아가씨는 비명을 지르며 어찌할 바를 모른다.

후드티를 입은 사내는 여자는 관심은 없는 듯 아무 일도 없었다는 듯 빠르게 나를 지나쳐 도망간다.

'설마 다른 사람이 가로챌 줄이야.'

목표를 잃은 것에 멍하니 있다가 정신을 차리고 빠르게 후드티를 입은 사내를 쫓았다.

사내는 열심히 달리고 있었다. 난 차를 타고 쫓아가 창문을 내리고 말했다.

"타요!"

"······."

사내는 가늘게 떨고 있었고 눈이 심하게 흔들리고 있었다.

"그러다 잡혀요."

잡힌다는 말에 후드티의 사내는 차문을 열고 재빨리 올라탔고 난 차를 출발시켰다.

"이, 이곳으로 가!"

진 경관을 찔렀던 칼을 꺼내며 피 묻은 종이를 건넨다. 그곳에 적힌 주소는 명 경사의 집이었다.

내 목표와 같았기에 그곳을 향해 달린다.

"명 경사도 죽일 건가요?"

"네, 네놈은 누구지? 어떻게 그 사실을 아는 거지?"

"조금 전, 진 경관은 제 목표였거든요."

"…당신도 그들에게 원한이 있는 건가?"

"의뢰를 받았죠. 칼 좀 치워줄래요? 계속 그러고 있으면 제 본능이 깨어날지도 모릅니다."

"안 돼. 아, 아직 당신을 믿을 수 없어."

"명 경사를 죽이고 나 사장에겐 가지 않아도 됩니다. 이미 이 세상 해충이 아니니까."

"나 사장은 당신이……?"

"옆에 있는 쓰레기들까지 깔끔이 정리했죠. 한데 당신은 누구죠? 무슨 원한이 있는 겁니까?"

"나 사장, 그 새끼가 죽었다고……?"

내 말에 답을 하지 않고 그는 물끄러미 피 묻은 자신의 손을 바라본다.

"크윽! 흑! …하, 하하! 흑!"

울다가 웃으면 '어디에 털 난다.'는 농담이 떠올랐지만 분위기상 그저 생각만 할 뿐이었다.

문준이 울던 모습과 너무 닮은 사내는 한참을 울다가 고백하듯 말한다.

"…내가 누구냐고 물었죠? 노름에 빠져 가장 소중한 것마저 빼앗긴 쓰레기죠."

아까 나 사장 집에서 들었던 얘기의 주인공이었다.

"어제 결국 그녀는 떠났어요. 한 번만 용서해 달라고, 모든 걸 잊고 살자고 말했지만… 그 날의 일을 잊을 수 없었나 봐요. 흐으흑! 이젠 잊었겠죠?"

"아마도요."

"흑! 제가 죽일 놈입니다. 알아요. 한데 이놈들도 용서할 수 없어요. 모두가 나 사장과 한통속이죠."

'씨발……!'

들었던 것보다 더한 일을 당한 모양이다. 얼굴에 감정을 들어낼까 어금니를 악문다.

"모두를 죽이고 그녀를 따라갈 생각이에요. 그땐 그녀가 받아줄까요?"

"예……."

"하, 하하! 한 사람쯤 우리의 사연을 알고 있었으면 했어요. 참 주책이죠?"

"네."

"흐읍! 크응! 정말 솔직하시네요."

코를 훌쩍이며 말하는 그는 참으로 순진한 사람이었다.

안타까운 생각도 들었지만 일이 그렇게 된 것에 대한 책임에서 자유로울 순 없었다.

"후우우~ 다 왔네요. 여기까지 태워줘서 고마워요. 그리고 나 사장을 죽여준 것도요."

"제가 처리할까요?"

"아뇨. 그녀에게 제가 했다고 말해주고 싶네요."

"그러세요. 천 검사는 지금 서울에 있답니다."

"그놈은 내일 처리하면 됩니다. 잡히지만 않는다면 말이죠."

모든 것을 내려놓은 얼굴.

그는 그만의 복수의 길을 가고 있는 것이었다. 난 나의 길이 있었기에 양보를 해야 했다.

"제가 불러드리죠."

"그래주시면 좋겠네요. 상관없는 사람들까지 다치게 만들기는 싫거든요."

난 명 경사에게 전화를 걸었다.

"용후입니다."

—어, 웬일이냐?

"나 사장님이 전해드리라는 것이 있어서 집 앞에 왔는데 어디십니까?"

—집이다.

"그럼 잠깐 나오시겠습니까?"

—그래, 잠깐만 기다려라.

난 전화기를 끊고 후드티의 남자에게 고개를 끄덕였다.

"오늘 고마워요."

불과 몇 분 전에 본 사람임에도 왠지 마음이 가는 남자였다.

해가 져 어두운 골목, 남자는 후드를 뒤집어쓰고 명 경사의 문 옆벽에 바싹 붙어 나오기를 기다린다.

문이 열리고 명 경사가 나오자 천천히 다가가 등을 찌르며 뭔가를 말한다.

경찰인 명 경사는 덩치가 꽤 컸고, 반항을 하는 듯했지만 처음에 척추가 찔리며 척수를 다쳤는지 얼마 지나지 않아 바닥에 쓰러진다.

"…그녀가 살려달라고 빌었을 때 네놈이 한 짓을 생각해. 죽어!"

울부짖는 남자.

멀리 떨어져 있는 가로등이 켜지며 그 빛에 남자가 든 식칼이 빛을 낸다.

그리고 한 치의 망설임도 없이 반복적으로 명 경사를 찌른다.

난 백미러에서 눈을 떼고 시동을 걸었다.

그리고 사건 현장을 떠난다.

부디 그가 복수를 무사히 할 수 있도록 빌면서……

섬을 생각나게 만드는 여름이 싫다.

모니터에서 컴퓨터 본체에서 나오는 열기조차 짜증스럽게 만든다.

"무찬아, 다음 주에 어디로 놀러갈 거야?"

"글쎄? 아직까진 비밀인데."

"치! 나한테만 살짝 얘기해 봐. 부모님한테 목적지를 말해야 한단 말이야."

"후후후! 기대하라고."

"이익! 정말 말 안하지?"

말을 해주고 싶어도 해줄 수가 없다.

유라가 신수호와 어디로 갈지 알아야 말을 해줄 것 아닌가.

"저녁에 맛있는 거 사줄 테니까, 화내지 마."

'내가 먹는 얘기만 하면 꼬리를 내리는 강아지인 줄 알아?' 라고 외칠 줄 알았는데 의외로 순순히 대답한다.

"응!"

물론, 해윤이 먹을 것에 환장한 애는 아니었다. 그저 나와 같이 있고 싶어 할 뿐이었다.

"부럽다, 무찬아. 넌 최고의 여친을 만난 거야."

"맞아. 해윤이 같은 애가 어디 있냐?"

한태국과 황선동은 해윤의 반응을 보고는 여자는 저래야

한다며 엄지를 내민다.

3시 장이 마감되었다.

다른 때 같으면 두말없이 일어났을 시간.

하지만, 오늘은 해윤과 저녁을 먹기 위해서 좀 더 버티다가 나갈 생각이다. 빨리 나가봐야 할 일이 딱히 없었다.

"증권 방송 말고 다른 데 틀어봐라."

증권방송은 거의 하루 종일 틀어놓는다. 그러다 간혹 다른 채널을 보곤 한다.

3시 장이 끝났다는 생각에 휴식을 취하던 김기덕 팀장이 외쳤고, 리모콘이 내 옆에 있었기에 생각 없이 채널을 아래로 내렸다.

그러다 자극적인 제목에 모자이크 처리가 되었지만 붉은 피가 낭자한 시신을 보여주는 종편 뉴스에서 손이 멈췄다.

…천안에서 일어난 경찰관 살인 사건과 사업가 나 씨 살인사건의 유력한 용의자 최 모 씨는 어제 오후 1시경 천안지청으로…(중략)… 계획이 실패하자 도망치기 시작한 최 모 씨는 결국 스스로 목숨을 끊었습니다. 이에 경찰은…….

"뭘 그런 걸 보냐? 다른데 틀어라."

"…아, 네."

리모콘을 아예 김기덕 팀장에게 건네고 난 인터넷에 천안이라는 검색어를 넣었다.

천안 살인 사건.

천안 최 모 씨 나 모 씨.

천안 살해범.

천안 살해범 이름.

등 십여 개의 연관 검색어가 주룩 떠오른다. 첫 번째 것을 선택하자 수십 개의 기사가 분단위로 올라오고 있었다.

"으~ 난 이런 사건 보면 밤에 꼭 악몽을 꾸더라. 딴 거 봐."

"잠깐만."

빠르게 몇 개의 기사를 읽었지만 별다른 것은 없었다.

다만 그 남자는 결국 목적을 이루지 못하고 그녀를 따라 갔다는 것만 알 수 있었다.

"무찬아, 한데 오늘 저녁은 뭐 먹을까?"

"미안해, 해윤아. 오늘 내가 약속이 있다는 걸 깜빡했어."

"엥? 무슨 약속? 나보다 중요한 약속이야?"

"응. 같은 길을 가던 친구가 자신이 하지 못한 일을 나한테 대신 해달라고 해서."

"…무슨 말인지 모르겠어."

짙은 눈썹이 물결처럼 찡그리며 말하는 해윤. 그 모습에 나도 모르게 머리를 쓰다듬게 된다.

"그런 게 있어. 약속은 내일로 미루자. 대신 근사한 저녁 먹고 영화도 보여줄게."

"급한 일인 것 같은데 어쩔 수 없지."

"이해해 줘서 고마워."

"대신 비싼 거 먹을 거야!"

해윤은 노찬성 회장을 보고 자라서 그런지 일이 있다고 하면 별다른 말없이 이해해줬다.

오늘따라 그런 해윤이 고마웠다.

"저 먼저 퇴근할게요."

"그래라. 내일 보자."

회사를 나오자마자 집으로 가 천안으로 떠날 준비를 했다.

어제 사건이 일어나 기자들이 몰려 있겠지만 그 편이 천 검사를 죽이기 편할지도 몰랐다.

실리콘 가면과 옷을 가방에 넣고 집 뒤로 빠져나와 CCTV를 피해 산을 넘었다.

그리고 또다시 쓸 일이 있을까 해 길거리에 주차했던 대포차를 타고 변장을 한다.

'마무리는 제가 할게요.'

문준의 의뢰도 해야 했고, 그 남자의 마지막 소원도 들어주고 싶었다.

최 모 씨에게 애도를 표하며 차는 빠르게 천안으로 향한다.

1번 국도를 타고 오느라 도착하자 해는 지고 달과 별이 뜨고 있었다.

왼쪽으로 아파트가 있고, 오른쪽으로는 밭과 드문드문 주택이 보이는 삼거리에서 좌회전 신호를 받기 위해 기다린다.

'뭐지?'

알 수 없는 불안감이 몸을 간질인다.

주변을 살펴보지만 딱히 이상한 건 없었다. 뒤에 검은 차가 좀 수상하긴 했지만 내려서 날 죽일 생각이 있냐고 물을 수도 없는 일이었다.

빠아아아아앙!

"알았어. 간다, 가!"

뒤차가 신호가 바뀌었는데 왜 가지 않냐고 빵빵댄다. 백미러를 보며 악셀레이터를 밟았다.

순간, 등 뒤로 아찔한 신호가 밀려온다.

부우우우웅!

덤프트럭이 왼쪽에서 미친 듯이 달려온다.

'이건가?'

마치 모든 것이 멈춘 듯 시간이 천천히 흘러간다. 운전자의 굳은 얼굴이 결코 브레이크를 밟을 생각이 없음을 말해준다.

안전벨트를 푸는 순간, 이미 트럭은 눈앞에 있었다.

콰아아아아앙! 끼이이이익! 콰직 콰직!

덤프트럭은 차를 박고 한참을 끌고 가다 바퀴로 납작한 오징어처럼 만들어 버린다.

1초만 늦었어도 크게 다쳤을 것이다.

안전벨트를 끊다시피 풀고 바로 우측 창문으로 몸을 날렸다.

그리고 몸을 피해 대포차를 박살 내는 트럭 옆에 매달릴 수 있었다.

"사고다!"

차량이 많지 않은 곳에 난 사고였지만 금세 많은 사람들로 북적이기 시작한다.

내 뒤에서 빵빵거리던 차에서 내린 검은 양복의 사내들은 차를 살펴보더니 사라졌고, 트럭 운전수는 아파트 단지로 도망친다.

으드득!

요즘 어금니를 자주 문다. 난 트럭 운전수를 뒤쫓았다.

아파트 단지로 들어간 운전수는 으슥한 곳에서 입고 있던 옷을 벗었고, 안에는 조깅 복을 입고 있었다.

"헉! 누, 누구?"

내가 다가가자 화들짝 놀란 운전수. 하지만 볼품없는 내 모습에 안심하며 주변을 살핀다.

"왜? 또 죽이게요?"

"무슨 말이지……?"

"방금 덤프트럭으로 내 차를 박살 냈잖아요."

"사, 살아 있었나?"

"그래요. 요즘 연애를 해서 정신상태가 좋지 않은 것 같아요. 당신이 나에게 독기를 줘야겠어요."

"이…!"

뿌드득!

손에 든 작은칼로 목을 노리는 운전사의 아혈을 찍고 팔을 비틀었다.

입은 비명을 질렀지만 소리는 나지 않았다.

"이제부터 기회는 한 번뿐입니다. 모든 걸 말하고 싶으면 눈을 깜박여요."

난 중화회가 통극소사라 부르던 점혈법을 찍었다.

30초도 되지 않아 눈을 깜박거리는 놈.

"좀 더 참아요. 고통이 심해 웃으며 죽는다는 이름을 가진 수법인데 과연 그런지 지켜보자고요."

절레절레!

고개를 흔들며 눈을 마치 고장 난 로봇처럼 깜박인다. 난 그대로 두다 5분이 지나서 아혈을 풀었다.

"누가 시켰죠?"

"하악하악! 사, 사장님이……."

"사장이 누군데요?"

"하악! 처, 천안 삼거리파의 보스입니다."

"이유는?"

"나 사장 곁에 있던 한 명이 사장님의 친동생이었습니다."

"한데 내가 오는 줄 어떻게 알았죠?"

"어제부터 그 차를 기다리고 있었습니다. 사건 현장마다 있던 차라……."

"정보는 당연히 천 검사가 줬을 테죠?"

"마, 맞습니다."

난 삼거리파의 아지트와 몇 가지를 더 물었다.

"대답해줘서 고맙군요. 하지만 아까 죽이려했던 벌은 받아야겠죠?"

"사, 살려… 읍!"

뿌드득!

난 그의 목을 밟았다.

남을 죽이려 했으면 죽어야 하고, 복수를 하려다 실패를 하면 그 대가 또한 받아야 한다.

그 남자가 그랬던 것처럼.

"이젠 남의 일이 아니군."

목표는 천안 삼거리파의 아지트.

더운 열기를 가르며 달린다.

오늘 밤의 달은 유난히도 붉었다.

『복수의 길』 4권에 계속…

이제부터 전자책은

이젠북

www.ezenbook.co.kr

❧ 새로운 세계가 열린다! ❧

한백림 『천잠비룡포』　　　천중화 『그레이트 원』
좌백 『천마군림』　　　　송진용 『몽검마도』
현대백수 『간웅』　　　　김석진 『더블』
김정률 『아나크레온』　　　백연 『생사결─영정호우』
임준후 『켈베로스』　　　　예가음 『신병이기』
진산 『화분, 용의 나라』　　남운 『개방학사』

이름만 들어도 황홀할 정도의 별들의 향연!

이들의 "유료연재"가 시작됩니다!

검색창에 **이젠북** 을 쳐보세요! ▼ 🔍

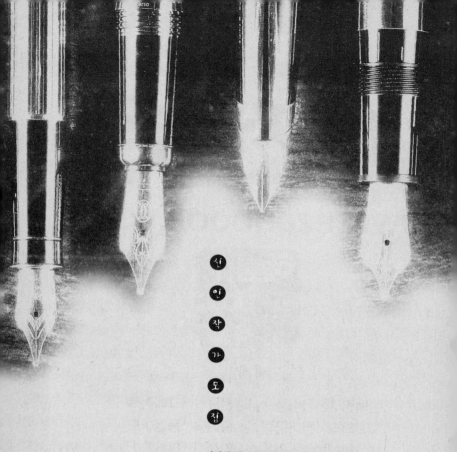

신
인
작
가
모
집

시작이 반이라고 했습니다.
작가의 길에 대한 보이지 않는 벽을 과감히 깨뜨리십시오!
청어람은 작가 지망생 여러분들의
멋진 방향타가 되어드리겠습니다.

저희 도서출판 청어람에서는
소설 신인 작가분들을 모집합니다.
판타지와 무협을 사랑하시는 분들의 많은 참여를 바랍니다.
소정의 원고(A4용지 150매)를 메일이나 우편으로 보내주시면
검토 후 출판 여부를 알려드리겠습니다.

주소:경기도 부천시 원미구 심곡2동 163-2 서경B/D 2F 우편번호 420-822
TEL:032-656-4452 ·**FAX**:032-656-4453
http://**www.chungeoram.com**
e-mail:chungeoram@chungeoram.com

요람 新무협 판타지 소설
FANTASTIC ORIENTAL HEROES

국내 최대 장르문학 사이트를 휩쓴 화제작!
여름의 더위를 깨뜨리며 차가운 북방에서 그가 온다.

『귀환병사』

열다섯 나이에 북방으로 끌려갔던 사내, 진무린
십오 년의 징집을 마치고 돌아오다.

하지만 그를 기다린 것은 고아가 된 두 여동생, 어머니의 편지였다.
그리고 주어진 기연, 삼륜공……

"잃어버린 행복을 내 손으로 되찾겠다!"

진무린의 손에 들린 창이 다시금 활개친다.
그의 삶은 뜨거운 투쟁이다!

Book Publishing CHUNGEORAM

유행이 아닌 자유추구 -
WWW. chungeoram.com

FUSION FANTASTIC STORY
천성민 장편 소설

짐승의 규칙

『무결도왕』 『다크로드 블리츠』
천성민 작가의 신간!

『짐승의 규칙』

살아야만 했다.
나를 위해 희생당한 부모님을 위해.
복수를 위해.

죽여야만 했다.
내가 살기 위해 타인의 목숨을.

그렇게……
나는 짐승이 되었다.

Book Publishing CHUNGEORAM

 유행이 아닌 자유추구 -
WWW. chungeoram.com